播种人的手绘日记

种まきびとの絵日記

知名织品艺术家

[日] 早川由美 著

小米呆 译

湖南文艺出版社
HUNAN LITERATURE AND ART PUBLISHING HOUSE

博集天卷
CS-BOOKY

乘
小乘學堂

早川ユミ

種まきびとの絵日記

生活于此的喜悦，春夏秋冬

"小时候，总是盼着春天，等啊等啊等不及。"谷相村的重磅人物，公认的村长小松淳平先生忆起当年。那时的谷相村，待漫长而寒冷的冬天结束，春天刚一露头，森林这座食物宝库就开始苏醒，孩子们会下套捉鸟、采树莓、摘桑葚、挖野菜，在森林中游戏玩耍，人们过着狩猎采集的饮食生活。高知县偏僻山村的这些陈年往事，说起来距今不过五六十年的时间。

原来，生活在这里，最令人开心的是春天的到来——被称作"春夏秋冬"的"自然巡礼"的开始。某种强大的自然力量使得季节更迭。山中的景色、村民的田间劳作都随着四季的轮回而循环往复。生活于此，可以让人第一次体会到人类与"自然巡礼"的春夏秋冬融为一体的感觉。

是谁让磅礴浩渺的大自然得以循环？是什么样的力量，让花懂得盛开，让树木知道发芽呢？自从搬到高知县的山上居住，开始和村民们一样与四季共同生活，我才明白与自然的交融能够带给人心满意足的平和之气。

是的，这个能使大自然随季节而变幻更迭的巨大力量，就是宇宙的力量。使春夏秋冬循环运动起来的是叫作"气"的宇宙能力。

换言之，大自然当中的植物和人类的活动，都是由天体的运行以及宇宙的节奏驱使。种子应该何时发芽、何时开花、何时结果，人类何时排卵、何时分娩，所有一切都受到日月星辰活动的影响。这就是我身体中被称为野生的自然。

所以，自然的神灵、山神就活在谷相村村民的生活之中。在邻村伊邪那岐式的精灵信仰中，会有巫女祭司向精灵询问，人类可否进山，可否居于此地。人们坚信，以人类之渺小和自然之博大，前者须征得后者的许可才能生活。然而，在如今的社会中，精灵或者神明已经随着时代的流逝而被人们渐渐淡忘。

并且在过去，农村劳作以互帮互助、协作生产的"结"的形式为主。村民们你即是我、我就是你，像个大家庭一样共同生活。待人如待己，友爱而又慈悲，我觉得这种急他人之所急，凡事不分彼此的精神正是人情淡薄的现代社会所需要的。

　　第一次过上山村生活的我们，起初对祭拜山神的执事、村民集会、路边除草等各种乡村事宜茫然不知，到现在，终于可以像个合格的村民一样从容熟稔。这里至今仍然保留着神明、精灵与村民之间相互联结的传统，让我感觉这样的村落也许是未来社会的一种存在形式。我愿成为谷相村的弟子，如果能够将村民教给我的生活智慧以及与自然相连的方法传达出去，我将感到由衷的幸福。但愿某一天，可以用这个小小村庄里的点滴日子建造出一个美好的世界。

田田

真帆

理惠

象平

4

阿铜

柿郎爸爸

哲平

由美

登場人物

目次

家鸡姐妹

流浪猫 阿旅

阿亩

Taneko（阿田）

稻稻

糯糯

邦弘先生　晴一先生　弥惠　丰太郎先生

春分 [三月二十一日前后]

春分是昼夜时长相等的那一天。光照增加，桃花、杏花和单瓣樱花竞相开放。

春光烂漫，美景怡人。春分是二十四节气中的一个重要节气。

为日本蜜蜂分蜂，为蜂箱涂蜜；播种夏季蔬菜；采摘山野菜；莲花去旧栽新，施肥料（小鱼干）。

清明 [四月五日前后]

清明是指世间万物看上去都生机勃勃、澄清明朗的时节。

嫩叶、鲜花、飞鸟开始闪耀生命的光辉。这个季节的野生三叶草清香可口。

美丽的彩虹开始出现。用艾叶嫩芽做艾叶团子汤。

谷雨 [四月二十日前后]

谷雨是春雨绵绵滋养谷物的时节。

有温春暖雨滋润谷物之意的谷雨，是大自然珍贵的馈赠。

可以挖到鲜竹笋，和海菜同煮，最后点缀山鸡椒嫩叶于其上；种芋头和生姜。

惊蛰是大地转暖，冬眠于土壤中的虫类开始出动的日子。

惊蛰之日『桃始华』。待辛夷、檫树花绽开，就可以种马铃薯了。

采收菜花；开始清洁打理日本蜜蜂的蜂箱。

春

播种人的工作日历

立春 [二月四日前后]

梅花盛开、树莺啼唱，立春是一年中初次嗅到春天气息的日子。真正的春天由此开始。这时候也是农历的新年。为果树剪枝、施肥。晒萝卜干，做醋腌萝卜，做米曲，制味噌。

雨水 [二月十九日前后]

雨水是降雪转为降雨，冰雪开始消融的时期，也是准备农耕的标志性节气。在雨水期间进行旱田和水田的翻耕，夜间上冻，白天融化，土壤会变得蓬松。

惊蛰 [三月六日前后]

采收蜂斗菜；栽种果树苗；为田间土壤施以草木灰、油枯和鸡粪。

9

播谷

御在所山

蜂箱

观音菩萨　大岩石

胡桃树

弥惠

地藏菩萨

金碧罗

糯糯的
散步路

开

大岩石

的活

开
天滝

交让木

小小果园

小菜地

红柿子

大石石

开山神

栗树

榉木

主屋　库房

樱花

的

哲平和我的工作间

枇杷　梅子

大菜地

♬音乐
谷川俊太郎的
诗《活着》
自由之森学园
合唱♬

播撒种子，编织生活

雨水时节育土忙

移居到高知县的山顶已有 16 年了。生活在这里，最令人开心的就是播种和植树。在海拔 450 米高、梯田纵横的谷相村，守着小小农田和小小果园，慢悠悠的日子有喜有悲，我的针线手缝事业也在这里扎下了根。缝纫裁剪、耕田种地、煮饭烧菜，每一样都是我的工作。

谷相人都是播种者。弥惠自然也是其中一员，她是我的农田老师。弥惠的手指总在窸窸窣窣地抚摸着萝卜和小芜菁的叶子，洗菜的时候如爱抚般洗去菠菜或大葱根上的泥土。就像是为婴儿洗澡一样，轻柔、体贴，又娴熟。

我家的农田以家庭菜园的规模来运作，供自家人——哲平（我丈夫）和我、象平、弟子田田、真帆、理惠——吃用自然没问题。可是如果来了客人，自家地里的蔬菜就供不应求，这时我都会跑到弥惠家的菜地去讨。如果说谷相村的生活有什么让人心情愉悦的事，那便是跟谷相村村民之间的羁绊。玄关中经常会出现好多竹笋、韭菜、自制的蒟蒻和豆腐，甚至腌菜和炖煮的食物。有时在我不注意的时候放下，经常会搞不清楚到底是谁拿来的，只好在脑子里将村民的面孔逐个翻过。这让我深深地体会到一种富足之感。

在谷相村，每年新年1月3日的早上都会有初会，大家聚在一起互道"新年快乐"，还会选出一年的村务干事。比如今年的村长是小松太，副村长是哲平，会计是阿竹。在会上，每个家庭都会派一名代表发言，参与讨论，让人不禁发出感慨，果然"自由从土佐山间开始"[1]呢。

弥惠告诉我说，2月的农田，要在雨水（二十四节气之一）那天用锹将田里的泥土翻耕一遍。这样一来，落雨之后土壤上冻，泥土就全都自然松散开了，不必多费力气。多么神奇。

---

[1]"自由从土佐山间开始"，出自自由民权运动的思想家植木枝盛。土佐，高知县旧称。

小小果园

茶 茶

石榴　栗子　栗子　栗子　蓝莓　柿　竹林

柠檬　蜂箱　梨　苹果　文旦

李子　布朗果　李子　千代姬桃　小夏橘　橘　茶

香蕉蕉芭蕉　枇杷　枇杷　香檬　茶　青柠　巨大的野生朴树　小河

小梅子　南高梅　白梅　梅子　梅子　梅子　茶

胡颓子　卫矛茶　梅子　茶　蒟蒻　小小农田　小松菜　萝卜　芜菁　堆肥

茶　梅子　杏　柠檬草　芝麻菜　韭菜　韭菜

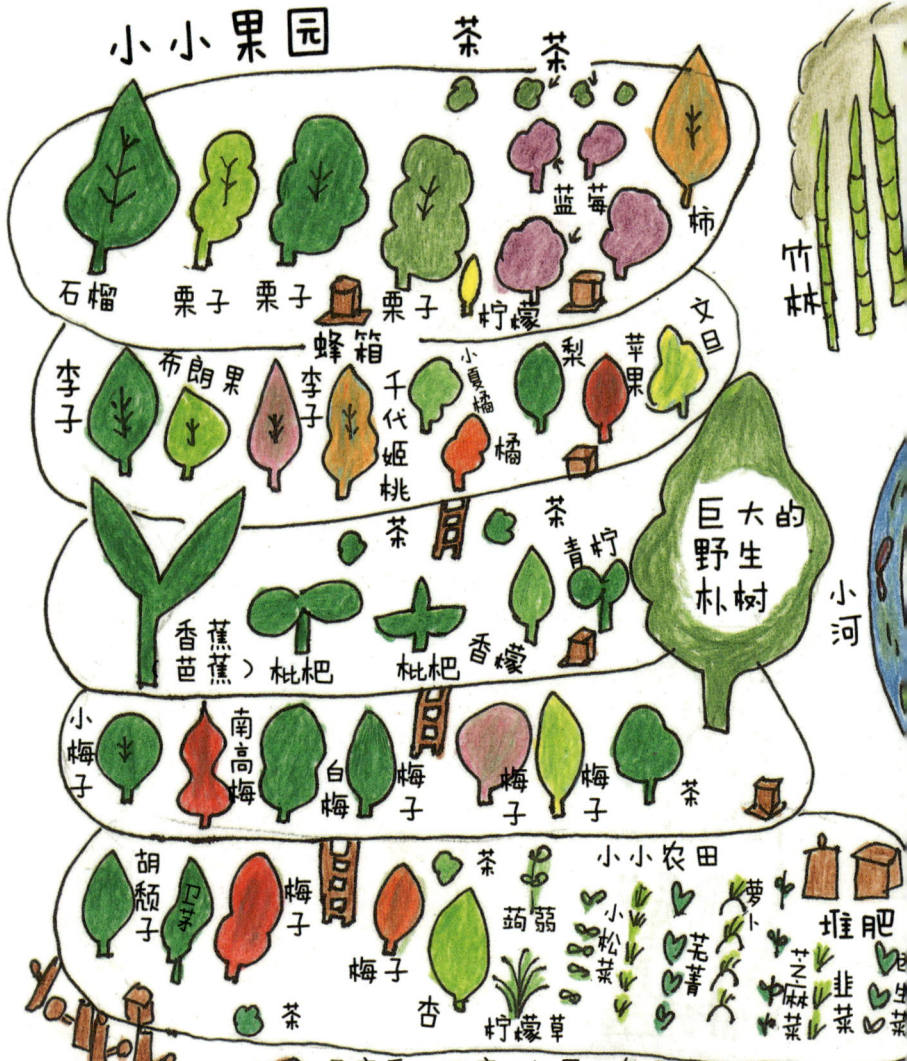

♪音乐《回音》by原田郁子♪

香菇原木　扁平的小屋　邦弘先生的石壁垒

建柴窑　砍柴处　浴室　我的工作间　哲平的工作间

邦弘先生的石壁垒

小小农田与小小果园

惊蛰时节打理日本蜜蜂的蜂箱

石块垒成的石壁将梯田的景色映衬得美不胜收。据说谷相村梯田的石壁建造从长宗我部[1]时期就开始，并一直延续至今。所以大家都认为不能让祖先留下来的石壁荒草丛生，因为草根会破坏墙体。我家由于疏于除草，石壁最终塌掉了，只好请来72岁的出原邦弘先生帮我们重新垒起。

不使用混凝土而用从前延续下来的古老方法将石块堆砌成墙，是一项顶了不起的手艺。要像拼图一样按照石头的形状来镶接拼组。脸色红润的邦弘先生笑眯眯地说："我喜欢石头，专心地垒墙让我特别开心。"就这样，在柴窑和工作间后方，石壁平地而起，美得令人着迷。每当我看到石头堆砌的石壁，就会想起邦弘先生说的话。我的工作（一针一线地缝制衣服和裤子）和哲平的工作（用黏土制作器物）都是因为热爱才能够全心投入，还来不及细想要花费多少力气就已经开始动手了。对于小小果园和小小农田也是一样，因为我爱它们爱到无以复加，

---

[1] 长宗我部，日本战国时代土佐国的一个豪族，自称为秦始皇后裔。

往往还没等大脑思考，身体就已经开始行动了。

3月惊蛰时分，春天开始启动。用新采摘的蜂斗菜做蜂斗酱，随着梅花、桃花、杏花、李花次第绽放，日本蜜蜂开始在小小果园里嗡嗡嗡嗡地飞来飞去，忙着采集花蜜。是的，我种植的果树为日本蜜蜂提供了蜜源，而果树在蜜蜂的帮助下也硕果累累。

我的农田老师弥惠的丈夫晴一先生也是个养蜂人，所以我来到谷相村之后就向他求教。我家周围再加上弥惠家山上的蜂箱，一共有28个。到了炎热的夏天，就可以采集到新鲜蜂蜜。两箱蜂巢大概就可以产出满满一升的蜂蜜，已经完全做到了蜂蜜的自给自足。日本蜜蜂勤劳可爱，它们将黄色的花粉沾满足尖，带着圆溜溜的六只脚起飞，那飞翔的姿态令人忍俊不禁。

晴一先生告诉我，蜜蜂的蜂箱最好放在石壁之上，因为蜜蜂也喜欢石头。

3·11日本地震之后大家聚餐的晚菜单

我家的

♪ 音乐《家族的风景》by 离组 ♪

韭菜饼

莲藕圆子

野猪皮

将擦成泥
的莲藕与
用姜末和
酱油调味的
鸡肉馅混合

在一起，加入酒、味淋、
小麦粉搅拌均匀，团成
圆子下锅炸制。用甜
醋汁做成浇汁
圆子也非常
美味。

鲜甜的韭菜，谷相村
里家家都种。加入
猪五花肉，混入用鸡蛋
＋小麦粉＋米粉＋淀粉调成
的面糊中，用平底锅煎制。
　蘸调味汁（酱油＋醋＋芝麻油）食用。

菜

菠菜锅

萵笋叶
包肉酱

姜蒜切碎,
满满一碗的量,加进鲣鱼汤底中,用酱油和酒调味。

萝卜荞麦鸡蛋

下菠菜、猪五花肉和其他蔬菜煮成锅菜。

拌豆芽

拌胡萝卜

拌菠菜

收到了的野猪,
噌调味,
咕嘟咕嘟
。第二天用
炸肉串,蘸着
野猪锅汤汁,配上
。在我家里,这道菜被称为野猪锅菜。

萵笋叶里包上肉酱、米饭以及各种拌菜吃起来。

播种吧、植树吧、培育果树吧

春分时节赏杏花

原京都大学校长，现为京都造型艺术大学校长的尾池和夫先生是一位地震学家，据说他小时候就住在谷相村，在我家相邻的地方。

我是在明石市的风来艺廊开个展的时候偶然得知此事。当时在艺廊隔壁从事陶艺的泷口真理女士，恰好是尾池先生妻子的妹妹。就像尾池先生曾经住在我家隔壁的土地上一样，这是多么奇妙的缘分。尾池先生将他关于地震的著书赠予了我。他小时候在谷相村曾经历过南海大地震。而就在下一次南海地震即将来袭的说法甚嚣尘上之时，谁又曾料到，2011 年 3 月 11 日东日本大地震突然降临。

出于对福岛核电站事故的担忧，工藤（摄像师，制作了 DVD《做陶人小野哲平》）和绘理带着小宝宝阿汐，举家从东京避难到这里。提到避难疏散，我曾经听谷相村的小松淳平先生讲述战争年代笠智众[1]避难到谷相村的往事，不由得惊异于现代的疏散不是为了逃离战争，而是为了逃离核电站的辐射。从未想过自己会经历这样的时代。再加

---

[1] 笠智众（1904—1993），日本演员。几乎参演了小津安二郎的全部作品。

上山下的埼玉县自由之森学园的高中生以及从东京避难过来的做音乐的友人，家里一下子人口猛增，每天需要准备十口人的饭食。这种时候只要有米饭，有自制的味噌、腌梅子、腌萝卜、薤头，再加点其他的菜就可以应对了。

自由之森学园的孩子们，为抗议山口县的上关核电站而离校罢课。他们帮忙采收祝岛的羊栖菜，带着羊栖菜作为礼物回到了这里。现在唯愿福岛核电站的辐射没有对海水、土地和空气以及自然界中的生物造成污染。这个时代，需要的是脚踏实地、朴实无华的生活。我们不仅要考虑食物的自给自足，也要开始考虑能源的自给自足。

从3月11日开始，在地球母亲发出震颤和发生变化之时，我们人类必须慢慢去探寻另一种新的生活方式。让我们一起播撒种子、种树植木、培育果树，自己动手制作食物吧！用尽可能少的能源去生活，我们的日子将从此开始改变。

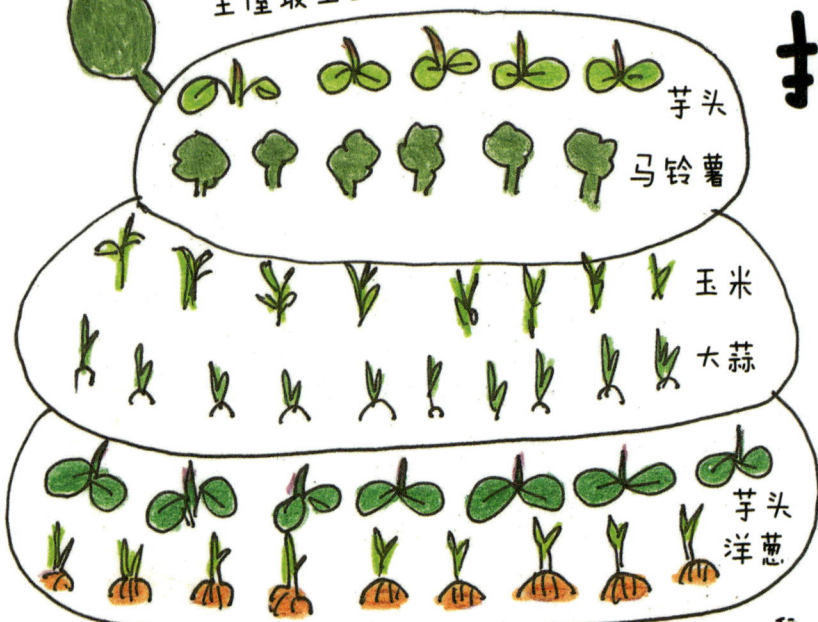

主屋坡上的小小农田

播

芋头
马铃薯

玉米
大蒜

在充满

种下食材的种子吧

芋头
洋葱

堆肥箱子

工作间坡上的小小农田

杏

堆肥

芹菜
胡萝卜
芜菁
茄子
四季豆
香菜
萝卜
罗勒
迷你番茄
香芹
大葱
柠檬草
韭菜

樱桃

李子

晴一先生制作的万能锄耙

锄头

马口铁簸箕

镰刀

铲子

劳动手套

马口
水

无花果　无花果　文旦　番茄

南瓜　　西葫芦　　菜椒　小尖椒　　栗子

　　　　　　萝卜　　　　牛蒡　　柚子

蚕豆　　　　　　　　　　　　　文旦

　　　　　　番薯

　　　　落花生

然中　　洋葱

　　　大蒜　　　　大豆　　　金橘

　　　　　　　　　　　大葱

　　　　　　　　　　　姜

四季豆　　　　　　　　　豌豆

花糯　茶　佛手瓜　黄瓜　　路对面的
　　　　　茶　柿子　　小小农田

糯糯

象印铁锹

土地肥沃的源头

聊聊种子

小满时节的小小满足，谷雨时播下的种子发芽了

我最喜欢谷相村绿意盈盈的季节。播种时节总是令人振奋，但福岛核电站的事故一直困扰着我。提着种子袋也提着一颗不安的心，开始仔细地观察起种子袋上标注的种子产地。胡萝卜产自澳大利亚，芜菁产自意大利，下仁田葱产自智利，秋葵产自中国台湾，菠菜产自丹麦，芦笋产自美国，牛蒡则产自欧亚大陆的北部。这情形让人觉得怪怪的。

为向土佐山田农协的野口勋先生（销售原生品种、固定品种的埼玉县种子商）请教，我出了家门。创森社曾经出版过野口先生《为未来留下生命的种子》一书，他的一番话让我备受打击。种子是如何得来的呢？F1杂交种子是由优良的种子交配而来。为了获得集各种优点于一身的蔬菜种子，首先要找到没有雄蕊的不孕种子进行交配。如果拿人做对比，就是患了无精子症的种子。野口先生还指出，采集了无精子症花粉的蜜蜂或许也会因此受到影响。听说对蜜蜂都有影响，我忧心忡忡。种子本来就有自己的特性，所以才会推荐使用原生种子以

及固定种子。但是因为农户们出售的蔬菜外观品质必须尽量保持一致，大小不一、形状不整的蔬菜会被农协拒收，所以这些种子又难以大量推广。

了解到这些之后，我特意跑到埼玉县去向野口先生求教该如何应对。他表示，家庭菜园以及如我这般自耕自种的小规模农田的播种者，正是推广原生种子的力量。于是我立刻买了原生品种和固定品种的种子，回家播撒在田里。还将一些小芜菁的种子分给了我的农田老师弥惠。该品种虽然果实较小但味道浓郁。自给自足的农田最好不要一次性地大规模采收，这样才有家庭菜园的感觉。甚至还可以自家留种。今年起，请在自家菜园播撒原生品种和固定品种的种子吧。

我曾受邀与野口先生、约翰·摩尔先生（原巴塔哥尼亚的公司社长）一起参加过在东京涩谷举行的讨论会。我们三个人都与种子有着各种关联。听说约翰·摩尔先生已经搬到高知县来住了。

讨论会上曾经谈起"大家移居高知县吧"这个话题。在高知县有很多播种人，高知县整体环境适宜农业生产，如果能够进一步致力于提高太阳能和风力发电等自然能源的利用，实现食物和能源的自给自足，将会为日本未来的发展点亮一盏明灯。

红茶的制法 ①

← 新芽如此娇嫩，从每个树梢顶端摘取三片芽叶。

② 摘上满满一大筐。

茶树

谷相人用大锅炒茶，
制作一年份的茶叶。
无论绿茶或番茶，
皆来自相同的茶树。

③

倾入大盆中，像揉黏土一样用力揉搓。（30分钟左右）。

④ 待茶叶像饭团一样结成球，用湿布包裹好放进提桶。

小小

柴窑

⑤ 将提桶浮在泡过澡的浴盆里的热水上，盖上浴盆的盖子。

使其发酵

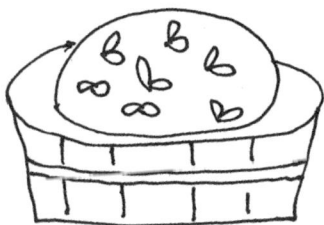

距房
love m
水田
以及
一边
加上
因为
经常
名字
了？"

木柴烧出来的洗澡水暖入脏腑。木头浴盆由佐川町的制桶匠制作。

红茶

⑥

第二天将茶叶摊开
在竹筐里，放在
阳光下晒，干燥
之后红茶就做好了。

糯糯

不丹农场

苏得乐农场

栗子

文旦 ♪ 音乐《小小
　　　番茄》
　　　by 内田bob月

柚子

茶

的耕地
另外还有原为
稻）的不丹农场（5亩）
唱着苏得乐小调
得乐农场（3亩）。
共有17亩地。
与阿象一起劳动的时候
清楚，所以就都给取了
成："由美刚才去哪里
的洋葱那里哟。"

⑦ 在我家中，每天
　下午三点大家都会
　聚在一起
　喝茶，度过
幸福的下午茶时光。

红茶的自给自足

小满时节采茶叶

谷相村最美的季节来了。梯田蓄着水，水面像镜子一样反射着光芒。黎明微暗、朝阳升起之前的拂晓时分因视线朦胧，然而正是这明暗分割的一瞬间，美到令人窒息。群青色的梯田连绵成片，薄雾缥缈，宛如一处超脱俗世的桃源乡。在黄昏时分，太阳落下去的一瞬间亦美不可言，谷相村的梯田上笼罩着一层神秘的紫色，面对此景，我总是悄悄闭上心中的眼睛，屏住呼吸。心中那个叫作故乡的美丽根源与此时此景恰相契合。谷相村的梯田可谓原乡。那不可方物之美，让我只想私藏。

在梯田的石壁边，种着茶树。5月12日和31日，我和弥惠以及弟子千世三个人一起采摘了弥惠农田和小小果园中的茶叶。将茶树上刚刚长出的纤柔的嫩芽摘下来，用来制作一年份的红茶。只是用手指去摘取三片柔嫩的新芽，这样简单的动作就让我们心中雀跃不已。"究竟为什么呢？我要是明白了采茶令人快乐的理由，手头的书可能会写得更顺畅呢！""像刚出生的小鸡一样，真是可爱得不得了！"我们三人一边闲聊一边在茶树边的斜坡上并排而坐，喝着茶，吃着柏饼。

红茶的制法

① 用手揉搓（像揉黏土一样）直至茶叶结成一个团子。

② 用湿布包裹好装入提桶，再将提桶漂浮在浴盆里的水面上。放置一晚使其发酵（就放在泡完澡之后的热水上）。

③ 第二天放在太阳底下晒干。完成。

用双手揉搓茶叶，在某一时刻，叶子的清香会因手掌的温度忽然转换为红茶的香气。最关键的是要利用五感，一边感觉一边制作。我原用暖桌发酵，因为过于干燥最终失败了，便想到浴盆既有湿度又有适宜的温度，用来发酵非常合适。由此，红茶终于得以制作成功。每天下午三点的下午茶时间，大家齐聚一堂享用，这是极乐至福的饮茶时间。大家一边喝茶一边聊天。梯田为什么这么美？那是因为人们创造的梯田中有工作之美；"工作就是生活、生活就是工作"是什么意思？什么叫脱核生活？交谈闲聊，可以让人感受、使人思考，也在人与人之间建立起联结。正是人类的这些活动，使红茶的制作变得那么幸福而有意义，人与人的相知和联结，可以让彼此变得更有活力。

问荆蒸蛋

① 问荆剥去外皮。

② 开水焯烫之后过清水。

③ 底汤用薄口酱油、
味淋、白糖调味，
打入鸡蛋液，蒸熟即完成。

① 取
② 过
打成
③ 加入
耳垂

我家孩子小的时候，一到春天，
玄关里就经常放着一束束问荆
和艾叶。对孩子来说问荆味道略显
清苦，令人有些小小
但现在一到春天
还是会煮来吃

蜂斗菜酱

① 蜂斗菜焯烫之后
过清水。

② 切碎焯好的蜂斗菜；
锅中加入味噌、
味淋、白糖、酒，
煮至味噌黏稠加入
蜂斗菜。完成。

米饭的伴侣。

十煮制。
者粉碎机

个撖成

熟加入味噌。

煮起来

音乐《霜降松落松落》by里野源治

世界不能成为一体……

春天的野草吃起来

春分播种夏季蔬菜

春天，梅花一开，瑞香也散发出芬芳，桃花、杏花、李花、菜花、含羞草、樱桃花、连翘、辛夷花、单瓣樱花一个接一个地绽放。冬天的荒凉景色一扫而去，变得热闹起来，到处都充满了明亮的光线。色彩缤纷的花朵欢笑舞蹈。一幅春山如笑的画卷在眼前展开。我周围的人都迫不及待地卷入欢笑的旋涡。没有任何人教授，野生的植物也会准确地感知季节，适时发芽、开花。植物的神秘令人莫名地感动。

春天一到，我的农田就变成山野。蜂斗菜、野艾草、甘草、问荆、玉簪、蕨菜、紫萁、楤木芽、虎杖、独活、野蒜、野生款冬、竹笋等可食用的野菜遍布在山野之中，散步途中就可以随手掐下一些。我原本就喜爱采集生活，与小小农田里种的蔬菜相比，野菜野草的味道更能唤醒沉睡在我内心中的野性。将野草吃下，它们的生命力赋予我活着的力量。去都市，想寻找具有生命力的食物何其艰难。从超市里买来的都是由工厂加工过的食品，与在自然中采集而来的食物相比，生命力差之千里。

野菜的烹饪方法，是今年已经 85 岁的栉郎爸爸教给我的。栉郎爸爸是我丈夫的父亲、我的公公。我与栉郎爸爸的喜好非常相似，我们都喜欢剪刀和菜刀，也都喜欢牧野植物园。牧野富太郎[1]的生活方式使我们产生共鸣，多次结伴同去。牧野先生对植物的深情很打动我们，而他对植物的投入和热爱，更让我们肃然起敬。无论是做东西还是做针线，都需要像牧野富太郎一般有着热情、专注和喜爱。那是发自内心的热爱，一针一线的缝制工作需要这种热爱。因为热爱，就不会感觉辛苦费力，可以一个人坦然地做下去。

栉郎爸爸运笔作画、用黏土捏小佛像、制作蜻蜓玉簪、制作木铲子和勺子。他热爱制作，因为热爱而沉浸其中，常常忘了时间。85 岁的他不曾退休，如今还在画画、开展会，从事着创作。他坚持不懈的工作姿态，一直活跃在我们这些子女以及孙辈们的眼前，传递给我们这样的信息：重要的不是活过几十年，而是像春天的野草那样，活在每一天。

[1] 牧野富太郎（1862—1957），出生于高知县，日本著名植物分类学家。一生收集植物标本约 50 万份，给超过 1500 种以上的植物新种及新品种命名，从而被公认为日本植物分类学的奠基人。为表彰其在植物学方面的卓越贡献，日本政府于 1958 年 4 月，在高知县五台山创建牧野植物园。

尖鼠的尸体

鼹鼠的尸体

家猫Taneko
纵身跃
向自然间
的瞬间,
即刻变
成一只
野猫.

小小果园

石榴 栗子 栗子 栗子

蓝莓 茶

Ta

爬到高高
的野生
朴树上
去抓鸟

活

李子 布朗果 李子 木瓜海棠

《音乐
奇怪
的调查
by
Humbert
Humbert

芭蕉 枇杷 柿子 茶

梅子 茶 香檬

小梅 梅子 梅子 梅子

香姑原木

菜花 大葱

胡颓子 卫矛 梅子 搜寻鼹鼠 杏

工作间的屋

日本蜜蜂的
蜂箱

榉

柴窑里有老鼠,
Taneko经常巡逻,
柴窑暖乎乎的
时候就在
上面睡觉.

砍柴小屋

浴室

砍柴小屋

象平的小屋

在我工作间

柴窑用柴

茶

小小农田 不丹农场

蚕豆

抓虫子扑蜻蜓来的 Taneko

洋葱

马铃薯田

菜花田 金黄一片

Taneko 追蜜蜂

很多蜜蜂飞舞在田间

橘子 巴旦木 桃子 胡桃

蓝莓 柠檬

的
图

上总是中子

野生枇杷

小柴房

狗狗糯糯对Taneko视而不见。每次见到都摇尾示好，但后者视而不见。水蜜游游

牧野植物园的樱花

鸡

经常跟着鸡闻来闻去，苦于对方个头太大不好下手。

芭蕉

主屋

睡在锅里的Taneko.

在仓库二楼的椅子上睡觉的Taneko.

Taneko 驾到

清明时节，谷相村出现美丽彩虹

有一天，弥惠来电话问："要不要小猫咪？"我去问哲平，哲平说小猫太小的话，猫妈妈还没来得及教它规矩，不能要！我又急急忙忙准备给弥惠电话打算回绝，怎知一转身，发现弥惠已经抱着小猫咪，同她的女儿和代一起，站在我家玄关了。这只小猫咪的耳朵、尾巴和脸都是灰色的，毛茸茸的，甚是可爱。刚好因为工作间和仓库的二楼有老鼠，所以也曾提起过想养猫之类的话，不过我还是第一次养猫。家中住客三岛君说这只小猫是个女孩子，于是就起了名字叫"种子"。

照顾小猫的工作交给了哲平，我负责养鸡养狗。哲平很尽责地喂水喂饭，所以小猫肚子饿了，就会跑到哲平那里叫他。种子的样貌动作十分可爱迷人，很快就俘获了大家的心。不管是不是猫控，见到种子都会为它倾倒，赞它可爱！它的身体软软的，抱在怀里自己莫名其妙地被治愈。我累了的时候，它会爬到我的背上，用尾巴轻轻地碰触我的裙子。而且经常围在我身边，目不转睛地盯着我的眼睛，咕噜咕噜地跟我说话。

种子的眼睛是我喜欢的大海的颜色。那种有珊瑚礁的大海，雪白沙滩舒缓开阔的南国岛屿的大海，翡翠绿的大海。美丽的猫咪。

不料种子全身遭到寄生虫的侵扰，肚子里生了蛲虫和蛔虫，所以猫倌哲平就带着它去了动物医院。从医院回来以后，种子躲在筐里不肯出来。我们只担心它小小的身体能否承受得住注射和用药，却见药袋子上写着"小野 tane"（哲平姓小野，我姓早川）。从医院回来的哲平一直都笑嘻嘻的。最后他终于乐不可支地告诉我们说："在医院里我问医生，什么时候给种子做避孕手术才好，结果医生答道，这是个男孩子。"举家震惊，接着还有一点小小的失望。我们以为的种子姑娘原来是个男孩子。

就这样，种子（Taneko）变成了阿田（Taneko）。经常，阿田会在农田里伫立，仰望天空。阿田去抓山鸡、尖鼠和鼹鼠，是野性的回归。听到吱吱的叫声，定睛一看，是阿田抓来的尖鼠宝宝们在我家中跑来跑去。因为实在是可爱，它抓来时我想都没想就画了素描。被人类养育着的阿田，眼看着在大自然中回归了野性，令人感慨万千。我想我们这些已经习惯于被喂养的人类，在大自然中也会解放自己，渐渐找回野性。阿田，请期待吧。

不时添水慢慢煮。

用35摄氏度的烧酒给瓷罐或者玻璃容器消毒。

食物的自给自足

可以用手指捻碎的程度。

弥惠家的大豆 3公斤

米曲 5公斤

① 大豆用充足的清水浸泡20个小时，泡至鼓涨。用微火慢煮，小心煳锅。

② 当大豆煮至用手指可以轻易捻碎的柔软程度，沥去水分，煮汁

③ 用捣钵和捣棒把大豆捣碎。如就用打年糕机的

趁热捣碎比较省力。

上面可以压上重物。

最后撒上大量食盐，用布（漂过的）或者和纸盖住。

买来的味噌因为经过了加热处理，所以没有滋生酵母。让我们自制味噌，将益生菌输送到肠道吧。制作"有生命的味噌"是味噌汤健康法的秘诀。

甜口

自己动手更美味！

~200克

大豆煮汁1.5升

⑥ 投入瓮中或者玻璃瓶中使其装满至毫无空隙。

⑤ 之中放入……和盐，……搅匀。

掏碎的大豆中倒入煮汁与步骤④一起充分混合搅拌，团成圆子。

音乐《天蓝色铅笔》by Happy End

……碎。 比饭团大

团成圆子

成为谷相村弟子。食物的自给自足，做味噌

辛夷、莽草开花时，栽种马铃薯

3月初做了味噌，种了很多马铃薯。马铃薯是像我这种新手都可以轻易种植、好吃且易保存的食材。今年向前川种苗订购了印加"苏醒"10公斤的种根。其他品种还有安第斯红、谢丽、辛西娅、出岛、北明、红明、男爵以及五月皇后。用小型耕耘机翻耕土地，撒下自家鸡舍的鸡粪和烧洗澡水的柴灰。苏得乐农场3亩左右的红土地几乎都被我种上了马铃薯的种根。可一问弥惠才知道，如果种得太早会遭霜冻。马铃薯的种植季节是很难掌握的，在谷相村，在辛夷和莽草开花的时候种最为适宜。我种得略早了些，因为想快点品尝到印加的"苏醒"[1]。

记得刚认识农田老师弥惠的时候，她拿来了品种为北明的马铃薯，对我说："这个人会生出红色的芽哦。"这句话令我永生难忘。把马铃薯称为人的弥惠让我心生感慨。也许只有耕田种地的人才能够体会个中意味。从那以后，有关田里工作的种种，我都仰仗弥惠的教导。弥惠种出来的蔬菜好吃得不得了。茼蒿可以和果仁一起拌成沙拉生吃。

---

[1] 印加"苏醒"、安第斯红、谢丽、辛西娅、出岛、北明、红明、男爵以及五月皇后皆为音译，日本马铃薯品种。

菠菜的叶片厚实饱满，可以做锅菜。由于食材本身就足够鲜美，烹饪的时候不必多花心思。

在学习田间工作和制作食物时，谷相人教给我很多东西。我愿意成为谷相村的弟子。一个人对另一个人的教授让智慧可以传递下去。我觉得这对现下的社会非常重要。我和哲平的手缝和陶艺工作，都不是从学校里学到的，而是直接到制作家的身边作为弟子进行学习的。所以，现在我也跟年轻的弟子一起，一边工作一边将制作的精髓传授给他们。动手制作物品让我们大家都活泼有生气。

种地和制作味噌等谷相人传授给我的东西创造了我的生活。在谷相村，从古至今，食物靠的不是采购，而是生产制作。我愿做谷相村的弟子，掌握稻米、田间蔬菜、香菇、豆腐和蒟蒻的制作方法以及日本蜜蜂的饲养方法，学习生活的智慧。生活在都市，大家想的都是如何赚钱来维持生活，可是在谷相村，制作食物，就是生活。

关注地球环境的日子——地球日。高知县的地球日活动在4月的第三或第四个星期日举办。谷相人全体参加，每年都有不同的主题。2014年的地球日活动在城西公园举办。

月音乐
hang by
Peace-k

佐佐木知子

阿幸

阿幸的揉揉堂

阿幸和知子从东京移居于此地。

谷雨为播种而落的，柔和的雨，恩泽的雨

　　每年春天，我和哲平都会与弟子们一起参加高知县的地球日活动。今年也不例外，和真帆、理惠、田田和象平一起去开店摆摊。因为栃郎爸爸提出自己也想出摊卖货，所以哲平起得比大家都早，清晨5点钟就起床出门去现场，为了可以占到一个有树荫遮蔽的阴凉的地方。

　　我则随后带着栃郎爸爸，将轮椅装上车后赶了过去。英树先生将附近的停车位借给我用，所以一切都很顺利。那一天里见到很多人，非常开心。后来哲平担心栃郎爸爸过于劳累，让我提早带着爸爸回家，于是我把摊位交给大家照料，离开了会场。可是结束的时候，弟子们没有一个人帮忙哲平收拾善后，都各自先回来了。哲平一个人忙半天，煞是辛苦，回来以后怒气冲天。我想也许大家都忙着照顾自己的摊位而顾不上别人。可是哲平为大家着想，早早出门，在一片大树荫下面帮每个人占好位置，最后收摊时却未能得到任何人的帮助，这种情况还是第一次遇到，我也一反常态地生气了。

　　第二天，我去找弟子们问个究竟。结果要么说哲平没提出需要帮忙，要么说自己的摊位很忙乱，诸如此类的理由。"即使对方没提出，当看到对方遇到困难就应该伸出援手的呀！需要关注的不只是自己的事情，还有周边的情况！关心周围'怎么了怎么了'的精神是很重要的！"我严厉地批评了他们。

真帆本来已经出门回家了，可是我在主屋的卫生间中突然听到她喊："由美由美，不好了！丰太郎先生掉进山沟里了！"我马上冲出去开着小货车赶往现场。刚才在工作间的时候，确实看到93岁高龄的丰太郎先生正在对面路上，忙着往他的卡特彼勒搬运机上装木头，进行搬运。真帆正走在回家的路上，刚爬坡5分钟左右就听到了哐啷一声巨响。她猜想是搬运机倒了，就飞奔至现场查看，结果发现丰太郎先生的身影在下面的山沟里，于是急急忙忙跑回来求救。我和哲平到了现场，从丰太郎先生那里了解到了事情经过，得知他绊了一跤，结果搬运机一下子滑开，掉到山沟里去了。丰太郎下到沟里是想把搬运机拖上来。见丰太郎先生没有受伤，大家都抚着胸口松了一口气。

丰太郎先生问："最先跑过来的那个年轻女娃子，是哪里来的呀？""她是从东京来的弟子呀！"第二天，我家收到了很多丰太郎先生种的蔬菜。不仅如此，这件事情很快在村里传开了，村民争相夸赞："是东京来的年轻弟子救了丰太郎先生呢。"这就是我向大家说教"怎么了怎么了精神"那一天所发生的事情。

♪ 音乐《以舞对话》
by SUPER
BUTTER
DOG
♪

稻稻
有个病

稻稻,
捕鼠狗

悠悠是
一只雌性
比格犬。

裙·

怪栅郎
爸爸总说
它很像
艾芬品
硬犬。

稻稻啃稻秧

　　刚好在割稻季节来到我家的小奶狗稻稻，东跑西颠，活泼好动。黑色被毛看起来就像个乱糟糟的毛线团。因为可爱讨喜，总是被弟子们抱在怀中，万般宠爱。冬天，稻稻就在工作间或者主屋里度过。因为养在室内，所以经常要为它洗澡，也许是因为从小习惯了的缘故，稻稻从不讨厌洗澡。甚至晚上我独自去浴室的时候，它还会哼哼唧唧地请求我带上它。我怕声音吵到已经睡了的哲平，所以每天晚上洗澡的时候都带着稻稻一起去工作间对面的浴室。

　　春天时，不知从哪里晃晃悠悠来了一只比格犬，来到了稻稻身边。它好像是一只被遗弃的狗，和稻稻玩得很好。村子里的人喂它饭吃，还给它起了个名字叫悠悠。散步的时候遇见了，它总会在我们身后5米左右的地方跟随。白天时稻稻在工作间，它就到工作间来找稻稻，晚上则会跑到主屋去找。

　　看见悠悠，稻稻总是很开心，它用前爪扒着玻璃门像是要把门打开。是不是因为春天的缘故呢？矮小的稻稻完全被大个子悠悠迷住了。哲平气鼓鼓地说："这个家伙太不像话了，居然勾引年纪尚幼的小朋友。"当看到我轻轻

* 与小奶狗稻稻的经历，请去P78。

地抚摸悠悠，或者听到我提出要收留它的时候，他就变得更加愤怒，生气地把悠悠赶跑了。

于是，悠悠就故意在哲平的柴窑，还有浴室里哲平的 T 恤上拉屎，火上浇油，哲平怒不可遏。可稻稻依然非常喜欢悠悠，总是咻咻咻地用鼻子亲热地去拱它。

那段时期，悠悠在村里很多地方捣乱，成了一个问题少女。御年先生照护着它，决定将它抓住，交给专人饲养。有天晚上，在去浴室的路上，稻稻看见了悠悠，嗖地一下子就蹿过去消失在黑暗中，遍寻不见。第二天早上稻稻终于回来了，看起来似乎和悠悠一起在田里撒欢打滚了，搞得浑身是泥。

英男跑来告状说："田边放着的稻秧，被啃得乱七八糟的！"大概是稻稻和悠悠兴奋地在田边跑来跑去时啃的吧。我马上去英男家赔礼道歉。后来听说悠悠被御年托付给物部村的猎户抚养。听到这个消息，我和稻稻心中怅然若失。

村子里的人都很关心悠悠，那段时间悠悠已经成了我们村子里的狗。去泰国等佛教国家，也经常会在村中或寺庙里看到被遗弃的狗又被大家共同抚养起来的画面。

春夏食谱

田里的食物，满载着季
节的生命力，是我们身
体所必需的营养。
没有土地的人，请与生
产者做朋友，请他们分
一些小土豆或者胡萝卜
叶子给你吧。

香炸小土豆

红烧小土豆

材料

小土豆（小不点的马铃薯）、食盐、酱油、白糖、味淋、芝麻油

做法

① 用油炸制小土豆。

② 炸好的小土豆，一半撒上盐。

③ 锅中下酱油、白糖、味淋，将炸好的另一半小土豆放入，煮成甜咸口味。撒上芝麻。

竹笋
绿咖

材料

竹笋、鸡肉、洋葱、柿子椒（黄·红）、胡萝卜、蘑菇、椰浆、菠菜、柠檬草、柠檬叶、生姜、大蒜、大号红尖椒、鱼露、柠檬汁、白砂糖

做法

① 竹笋切片，鸡肉和其他蔬菜切成适宜大小。红尖椒斜切两半。

② 锅中加入少量的水，下柠檬草、柠檬叶、生姜、大蒜、红尖椒、洋葱、胡萝卜、蘑菇，点火。

③ 胡萝卜煮透之后，加入鸡肉、竹笋、椰浆、柿子椒。

④ 菠菜焯烫之后用粉碎机打成糊状，下进锅中。用鱼露、柠檬汁、白砂糖调味。

虎猫棒棒风
胡萝卜叶炸竹轮

材料

胡萝卜叶（间苗后的）、竹轮、小麦粉、淀粉、盐、清水、油

做法

① 胡萝卜叶切碎。

② 竹轮切细条。

③ 将胡萝卜叶和竹轮与小麦粉、淀粉、盐、水一起拌匀，炸至酥脆。

豆乳酸奶

材料

豆乳、发酵菌（一种叫作 Aoyama-YC 菌的由豆渣制成的 100% 植物性乳酸菌）

做法

① 1 升豆乳拌入 5 克发酵菌。（下次再做时，就可以加一勺豆乳酸奶做引子。）

② 用酸奶机使其发酵 8 小时。

③ 用搅拌机搅拌，加入蜂蜜、自制果酱、自产谷物果仁（葵花籽、南瓜子、巴旦木仁、核桃仁、芝麻、燕麦、葡萄干、腰果仁）。

草莓寒天

材料

寒天丝（无漂白）20 根、草莓、豆乳 2 杯、白砂糖

备料

提前一天将寒天用水泡发好。

做法

① 锅中加入两杯清水，下寒天，慢火煮。

② 加入豆乳和白砂糖，搅拌。

③ 倒入容器里略微晾凉。

④ 放入草莓，置入冰箱使其凝固。

芒种 [六月六日前后]

芒种是芒属植物、稻子或麦子等带穗植物的播种时节。进入梅雨季。

采收青梅，渍入烧酒中制成梅子酒；采收杏子做果酱；种番薯苗。

夏至 [六月二十一日前后]

夏至是一年当中白昼最长、夜晚最短的一天。自夏至起，天气渐渐炎热。

采收黄梅子；腌梅干、做梅子果汁；采收李子；待合欢花开就可以栽种秋季大豆了。

小暑 [七月七日前后]

小暑是梅雨过后，夏日暑气渐强的时期。日暮时分，群青色的梯田连成一片，美得令人窒息。谷相村的小暑时节，傍晚时蝉开始鸣叫。

栽种红小豆；梅雨过后可以晒梅干。

大暑 [七月二十三日前后]

大暑是夏天最热的时候。真正的夏天来了，烈日炎炎。晚上支起蚊帐开着窗户睡觉。

采集日本蜜蜂的蜂蜜，装瓶；采集蜂蜡，制作蜡材；每天都会采收蓝莓，制作蓝莓果酱。为芋头培土；播种扁豆。

夏

播种人的工作日历

立夏 [五月六日前后]

立夏是渐渐感觉到夏日气息的时节。太阳的光照增强，晴朗的五月风清日和，夏天开始了。野藤风华正茂。

采收蚕豆和马铃薯；煮食野生蜂斗菜；播种玉米、落花生；采摘樱桃制成糖水樱桃。

小满 [五月二十一日前后]

小满是生命活力满满、草木生长、所有生物都活泼闪亮的季节。

采摘茶叶制作红茶和山茶；腌渍藠头；枇杷进入收获季节，做枇杷酒；采收洋葱和大蒜。

从树上随摘随吃的果实格外美味！这种在"购买"文明中无法体验的心跳感觉，也许就是体内的因子中祖先的……

小小果园图

栗子 栗子 栗子
石榴 海棠 阳光 橘子 蓝莓 梅子 柿子 文旦 梨 樱桃 洋桃 橘子
木瓜 桃 朴 橘子 巴旦木
梅子 梅子 香檬 蓝莓 柠檬 胡桃
小梅子 杏 碧根果
love me农场
胡颓子 梅子 杏 杏
卫矛 柴窑 香椿 工作间 主屋 宝物

10年前种下的果树苗渐渐长大，花是日本蜜蜂的蜜源。而在日本蜜蜂的帮助下，果树坐果丰硕。

今年又做了满满一坛子，将去年剩下的梅干做成梅子酱，吃锅菜或者油炸食品的时候，可以蘸食。

腌梅干

从树上摘下黄色的成熟的梅子。5公斤梅子用750克盐。摘去果蒂，在蒂窝处撒盐，撒一层盐再盖一层梅子，梅子与盐层层交错，最后倒入两杯烧酒。待梅子分泌出的醋汁越积越多，摇晃完全淹没梅子。红紫苏叶用盐揉好加入坛瓷中。晴好的天气放到户外

小小果园

的果实馈赠

栽种果树

梅子酒 青梅洗净泡入
清水中去除浮沫。摘掉果蒂
亏与冰糖层层交错装入瓶中，
注入烧酒（35度）。

腌藠头

藠头1公斤 醋3杯 水
3/4杯 白糖1.5杯
盐2小勺 红尖椒3根
藠头清洗干净晾干，
撒盐，上述调料混
在一起煮开晾凉，
藠头放进晾凉后的
煮汁里腌渍。藠头
具有清洁血液、消
除疲劳之功效。

梅子糖浆
5公斤梅子摘除果蒂，与
白砂糖（3～4公斤）层层交错
装瓶，使梅子完全被白砂糖
盖住，待白砂糖全部融化之后，
摇晃瓶子使梅子完全淹没在梅
汁里，两三个月之后取出梅子，
将梅子汁煮后装瓶。

杏子果酱
杏子剖成两半取出杏核，撒上
白糖放置一小时左右。杏子
分沙出
汁液，
连果带汁
一起入锅
煮至黏稠，
完成。

听说过去曾经
要将谷相打造
成杏子之乡，
所以每户人家
都分到两棵杏树。
撒上白糖之后煮
清香四溢，滋味
甜美。

小小果园的喜人馈赠

芒种播下做豆腐用的大豆种子

6月是小小果园的坐果季节。梅子、杏子、布朗果、李子和千代姬桃子竞相结果。腌薤头和各种梅子食品的制作工作在梅雨期间完成。刚来谷相村的时候,西村富士子曾邀请我和孩子们去摘梅子。在那之前,梅子都是从商店里买来的。有生以来第一次爬上梅子树,去摘梅采果做腌渍和果汁,当时的兴奋无以言表。不是去购买而是直接从树上摘取,人仿佛变成了一只动物,快乐无比。架好梯子爬到树上,像动物一样仔细分辨才能找到梅子果。因为果实和树叶的颜色一样,如果不认真辨识就很容易错过。树上的梅子果,外皮生了一层薄薄的细毛,呈现出近乎透明的绿色。这种绿色的梅子用来做梅子酒,而腌梅干和梅子果汁则要用黄色成熟的果实制作才好吃。另外,蜜蜂的分蜂工作大概会在6月20日左右完成,要在果园各处的蜂箱中涂蜜。蜜蜂运送花粉,也为坐果助了一臂之力。

移居到谷相村,我们不仅建起了我和哲平的布艺与陶艺工坊,还请樵夫晴一先生帮我们砍去屋后梯田中的杉树，种上了果树苗，如今算来已经是13年前的事情了。在苗木长大之前，浇水、砍竹、除草等培育工作也颇费心力。但是果树终于长大并不断结出累累果实，我终于拥有了梦想中的果园。

当一天结束，我喜欢泡在用木柴烧热的浴盆中回想那些开心的事情，排一排哪一件最令我感到幸福。生育分娩排在第一位，第二位是我一针一线的缝制工作，第三位就是终于拥有了可以种树的土地。在属于自己的土地上种树一直是我的梦想。与植物相伴生活，看着树木渐渐长大，使我的时间和植物的时间重合交叠。"养育孩子就像种树一样。孩子长大了终会回报的呀。"在我经常买手织布料的泰国店铺里，人家这样对我说。十年树木，回报给我们果实。我的孩子们也是一样，象平帮我耕田除草，阿鲷帮我采集蜜蜂的蜂蜜。这10年来，我的孩子们也像树木一样渐渐长大了。对我来说，无论是孩子还是树木，都是我的培育工作。

家鸡的饲养方法

我的生活循环与家鸡同步。家中吃剩下的食物、果皮、菜皮拿来喂鸡，鸡粪施到田里做肥料。谷相村的生活循环做到了基本的环保，是健康的源泉。一只公鸡和五到八只母鸡组成一个家庭。我给它们喂清水和杂草，还有厨余饭后的残羹剩饭、米糠、陈米以及鸡饲料。以前就放在院子里散养，但是它们会悄悄地不知在哪里藏起来生蛋，所以现在做了鸡舍。

东天红鸡　　　　噢噢噢的叫声绵长而嘹亮，煞是神气。

母鸡会把小鸡背在背上。有时会藏在翅膀下面，非常可爱。

每天早上躺在被窝里听到鸡叫声，心里就觉得特别安稳。

它们将生命交与我们，我们对它们的饲料也进行了充分的考量。

糯糯有个癖好，经常轻轻地去咬小鸡，曾经发生过在我们出门旅

喂水

芋头皮

牡蛎壳

海带

小小

家鸡喜欢的食物

柿子椒种子

西瓜白肉

玉米芯上残留的胚芽

苹果核

南瓜

000
000 碎米

杂草繁缕

柴

想吃到好吃的鸡蛋，就自己养鸡。每天都能拾到够全家人吃的鸡蛋多么令人欢喜。鸡蛋壳上有一层叫作角质层（cuticula）的膜，可以抵御的侵入，都不必清洗。清洗。）的绿叶菜，的鸡蛋。黄色都不同

沙门氏菌 所以事先（吃之前再给鸡喂食大量可以得到美味煎蛋卷的灿灿于一般。

美味鸡蛋的自给自足

鸡肉的自给自足

肉米是生命本身

① 当鸡开始停止产蛋，就可以吃鸡肉了。将鸡倒吊，先用左手抓住鸡的脖子，手掌盖住鸡的眼睛，用右手拿刀割开脖子上的动脉。还有一种方法是将鸡脖子向后折断，放血5分钟左右。

② 大锅中烧水，烧到水温80摄氏度左右还未沸腾之时将鸡整只浸入热水中。

③ 轻松褪下鸡毛。

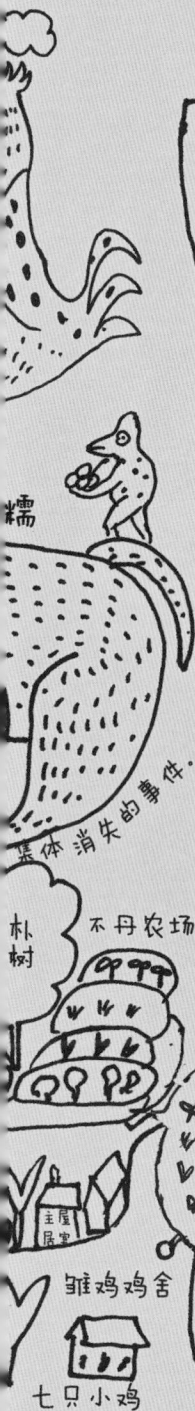

④ 切下头和脚，剖开髋关节，取鸡腿肉；将菜刀插入肩关节，取鸡翅、鸡脖；剔除鸡胸上的V字形骨头，取出内脏。

糯

集体消失的事件·

朴树

不丹农场

苏得乐农场

主屋居室

雏鸡鸡舍

七只小鸡

家鸡与我

夏至时节腌梅干做梅汁

夏至的时候，弥惠送给我七只小鸡仔，邦弘先生送来了黄色的鸡仔小屋。在冬天却一只接一只遭到袭击。有的被咬去头成了无头尸骸，有的整只被叼走了，七只小鸡最后只剩下一只公鸡。我向田岛丰太郎先生请教，得知丰太郎先生的家鸡也被吃掉了。据说偷鸡吃的是森林里野生的鼬鼠、黄鼠狼或者狐狸。

家里只剩下一只公鸡，每次喂食的时候心里都好难过。平常我会将芋头皮或者柿子椒种子特意留下来喂鸡，每到开饭时间公鸡都非常开心，咕咕咕地呼唤母鸡来吃，可是现在母鸡都不在了。

我从23岁起就开始养鸡。名古屋交趾（九斤黄）、东天红、土鸡，在我的生活当中一直有种类各异的家鸡陪伴左右，没有家鸡的生活我无法想象。我们将吃剩下的食物和菜碎喂鸡，最后又得到鸡蛋和鸡肉。鸡蛋的蛋黄色泽金黄、口感Q弹。大家都夸赞我做的煎蛋卷好吃，这种美味多亏鸡蛋成全。如果孵出来的公鸡比较多，就有鸡肉可以吃了。

吃了土鸡之后，会觉得超市里买来的鸡肉寡淡无味，也会明白自己吃下去的是生命本身，吃在超市买来的鸡则不会有这样的体验。吃自家养的鸡，你会知道一只鸡只能取到两只翅膀、两条鸡里脊、两块鸡腿肉、一个鸡胗、一颗鸡心、一块鸡肝。孩子们在超市里见到一盒六根鸡翅，就会说："这里有三只鸡的翅膀呢。"我听了也倍感欣慰，笑逐颜开。

母鸡护子心切，令人感动。鸡妈妈不吃不喝，不时用喙将鸡蛋骨碌碌转来转去地孵育21天。我要是想去拿鸡蛋，鸡妈妈会异常愤怒地竖起羽毛，转着圈赶我走。小鸡出壳之后，人如果去喂食，本已筋疲力尽弱不禁风的鸡妈妈一听到人声接近，就立刻警觉地将小鸡护在翅膀之下。爱子之情显露无遗。没有人教授，也不像人类那样学习了拉玛泽呼吸法进行生产，却会出于本能去守护小鸡的安全，找到食物喂小鸡。我们人类用头脑养育孩子，家鸡与我们不同，它们用身体的本能来养育，家鸡的育子方法让我受益匪浅。

农装裤 　　手缝裤

农装裤在P100
有详细介绍

日本的农民服装

农装

① 裁布料

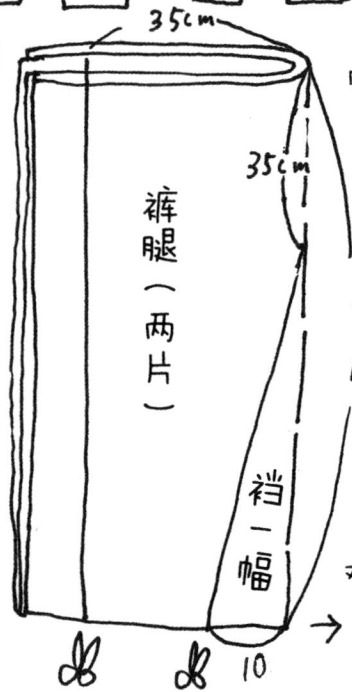

35cm

35cm

裤腿（两片）

裆一幅

90～100cm

10

对折 →

幅宽90cm的布料（长180cm～2m）折成四折。

如果使用和服布料，裁成四块，将裆部缝合连接。

整布

布料裁成这种形式。裤腿布两条，裤裆布一块。

②

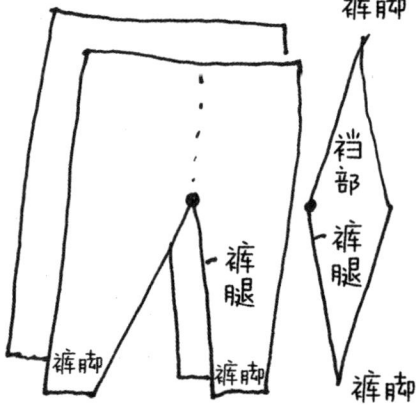

裤腿

裤脚

裤脚

裤脚

裆部裤腿

裤脚

裤腿

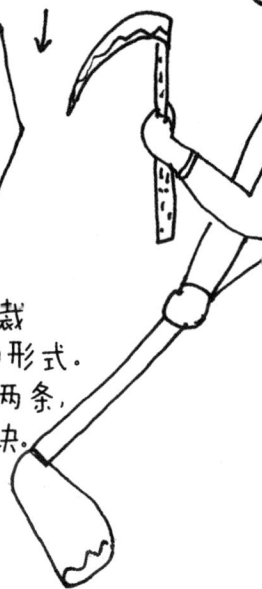

③ 缝制裤腿上部

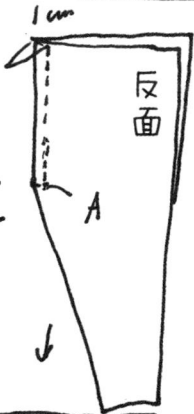

1cm

反面

A

↓

纵向对折，对折处纵缝1cm，与A点成直角，缝合两次。针脚外露。

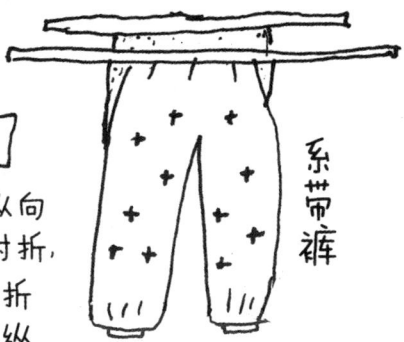

系带裤

表面

针脚

音乐《等雨的稻子》by 泰国Caravan乐团

④ 安装裆部

反面

A

↓

C

D

B

裤腿A和档B用记号针暂时缝合，裆部预留1cm，将A缝在C上。另一边A与D缝合，再经折缝，将余边卷起。另一面也同样这么操作。

沐浴在阳光下耕田翻地，手触摸到泥土和草，可以感觉到奔涌而出的自然的力量。播种使人充满朝气。在谷相村，八九十岁的人都是播种大师。我作为谷相村的弟子还在学徒当中。

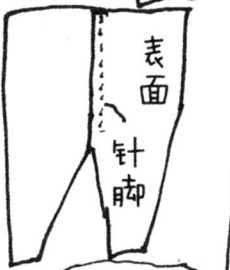

⑤ 封边

反面

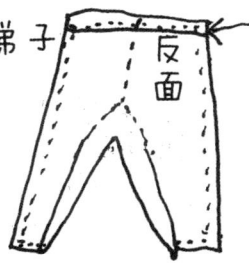

裤边折缝。裤脚折三折，腰部折缝出松紧带线，安装松紧带，完成。

与法

缝制农装裤

小暑时节挖葛根

梅雨季节，生活在山中的谷相村能让你真切感觉到地球果然是颗富水的行星。谷相村每天都笼罩在厚厚的云翳之中。于抬眼可见之处种上芭蕉，为生活平添趣味。在大缸中装土灌水栽培莲藕，可享受观雨之乐。雨水在荷叶上骨碌碌滚动的样子灵动可爱，能让人看上好久。梅雨季节的田间工作就是日复一日地除草。雨天的谷相村，可以看见像越南农民那样头戴斗笠、身披茅草编结而成的蓑衣、手持锄头的人。好有型啊，这景象总是让我莫名欢喜。恍如从前的农村风景，赏心悦目。用滑爽的布料缝制适合在梅雨季节穿用的农装裤，可以让田间工作变得更加快乐。农装裤就是日本的农民服。第一次缝制，是因为看到了耕田老婆婆的农装裤。当时老婆婆特意脱下来拿给我看。于是我注意到她里面还穿着一条，这样外面的弄脏了就可以随时脱下来。老婆婆的农装裤是一条系带裤。如遇内急，解开身后系着的裤带，就可以蹲下来在田间缝隙里解决。过去的田间劳作就是这么粗犷豪放。

　　我小时候，身上穿的衣服都是妈妈亲手制作的。内衣、内裤、衬衫、半裙、连衣裙、体操服，包括冬天的大衣和手套帽子。在不算久远的四五十年前，衣服都是家人在家中缝制的。食物也是如此，某人专为某人亲手制作的东西不同于其他，衣服里面密密地缝进了感情。到现在，我的皮肤都记得妈妈做的衣服在我身体上的触感，思之动容。母亲缝制的衣衫让人感觉里面有生命。在从前的日本，自己的东西都由自己来做，人们过着有手作的简朴的生活。我们的手，也可以成为制作的手。

　　一针一线地做手工，可以悠然体会到一种犹如冥想般的心境。我们身体里的野性渴望制作、渴求创造。而我们现在，有在用双手创造着什么吗？在这个只要花钱就什么都能够轻易买到的时代，却找不到真正让你为之倾心，感到舒适的衣服。我开始缝制自己的衣服，就像妈妈曾经做过的那样。用手劳动是我们人类的原始本能。亲手制作一条与自己生命相连的农装裤，我的生活本身也变得更加值得去热爱。是的，编织生活，就是用自己的双手去制作生活所必需的物品。

吃晚饭.

用MacBook写稿.

用木柴烧好洗澡水泡澡.

就寝.

两个月的小黑狗

稻稻

边读《衰败的经济》边做半身浴.

真帆在教理惠做柿染.

臭臭的

午后三点的茶点
自制的米粉松饼和
栗子奶油.

变身为缝纫机.

用缝纫机缝制的日本农民服农装裤.

大家做

地板铺上

过布卡为擦成泰帕

裁剪布料. 小布头
拼接在一起做成布带子.
布料是画材.

摘柿子,
变身为柿子树.

照料日本蜜蜂的蜂箱.

保温瓶
用起来！

史丹利
小

史丹利
中

史丹利
大

弃用电暖壶，烧好
开水灌进保温瓶里，
一天当中就用它泡茶喝。
第二天热水也不会
冷掉，性能优越

据说如果
全日本都
停掉电
暖壶，
改用保温瓶，
可以节省
三座核电
站的能源！

NO NUKES

音乐
《日子泡
泡》离组专辑

♫ 不必悲叹不变，
只想赞美
改变
让人心情愉悦
的音乐 ♪

由美汤婆子

"天亮了哦！"
享用哲平
泡的咖啡。

老子法
抓住足踝
向后仰倒。

咖啡磨豆机

丹田呼吸法
三呼一吸。

天然酵母面包

早餐

自制豆乳酸奶

日本酿制
本蜂蜜

腌梅干

理惠

小狗
稻稻

田里的番薯挖出来
之后，
起垄
播种荷兰豆

成为田
里的泥土。

真帆

家猫
阿田

NO NUKES

做清洁，
打扫主屋居室和工作间。

准备
午饭。

手缝抹布

用抹布
擦地板。
心情舒畅。

小狗稻稻；新弟子来到谷相村

大暑时节种茶豆

在中田先生的丹田呼吸法集会上，我无意中提起狗狗："住在山顶的谷相村，最好能养狗来防止野猪破坏农田。"美智子便问："我家刚好有小奶狗，你想领养吗？"事情就这样说定了。她家里照顾着八只小奶狗，正在征寻饲主。我们领养了一只黑色小巧的公狗，并为它取名为稻稻。稻稻的工作就是防御野猪。它整天跳来跑去精力充沛。家猫阿田有点困惑不安，经常会到我的腿上来待着。完全像一个担心妈妈被弟弟夺走的哥哥。跟不久之前我家里的情况一模一样。

就在同一时期，28岁的真帆和23岁的理惠也对我的工作表示感兴趣，提出想帮我的忙，从东京来到了这里。两个女孩子租了一栋房子住，每天都到我家里来帮忙。有些年轻人对我的手缝工作和田园生活十分向往，我也很高兴能够吸引他们来到这里，可是工作不是单凭向往就可以持续下去的，其中有的坚持不到一年就放弃了。所以在真帆二人决定移居谷相村之前，关于她们的目的和想法，我们之间进行了很坦诚的对话。两个女孩子都表示她们想成为手工布艺家。

"怎样才能成为布艺家呢？"她们经常问我。我年轻时，在传统工艺领域的染织家门下学习了两年半。又师从现代美术作家庄司达先生，学习了一年。都是一边帮工一边学习，所以我的美术技能不是在学校，而是在个人那里习得。（对于我的老师们，我无以为报，希望我对年轻一代的关照能够成为对前辈的报答。）其后，我到亚洲各地旅行，偶遇山岳民族的手工纺织、蓝染以及黑檀染等粗犷结实的布品。后来，就在手工制作家人衣服的同时，我开始开展会，手作慢慢成了工作。就这样，我一边做东西，一边构筑了自己的事业。

为何我会用做东西这种方式来表达自我呢？奶狗稻稻全身心为了生命而活，而人类却是怀抱着这样那样的梦想而生活。单靠优哉游哉地种田和吃饭无法满足人类的诉求，和年轻人的交谈触及了我的诉求和愿望。我想通过自己喜爱的手缝工作与社会相连，点亮生命的喜悦与希望的灯火。我意识到自己想做的就是可以触动和解放人类灵魂的艺术工作。谷相村的水土、森林和空气之场的能量是我的手作、绘画以及写作的源泉。能够与弟子们共有这种能量场，我感到由衷的欢喜。

各种疳虫

蜈蚣油＋鱼腥草泡烧酒
我家的虫药

竹节虫

印度尼西亚上衣更有蜈蚣纱图案·

开车时趴在我头顶的竹节虫·

与昆虫为伴

身体黑黄色 体长七八cm

苎麻夜蛾的幼虫

足部和头部是橙色的

如果苎麻摇摇就要注意

大蜘蛛

千脚虫

去永野向岩崎的奶奶学习制作酱油的时候，也学习了柿染液的制作方法。在制酱油的工具上涂上柿染液。工具就会像漆料一样色泽光亮。听说可以起到消毒、杀菌的作用。

③

① 首先，摘得夏天的青柿子、小柿子。

溅在容器上的汁液也会染透！

美丽的贯太郎蚯蚓

地龙

柿染  和 桶

洗好的布料，
用刷子涂色。
要重复涂抹两次
左右。

衣服的自给自足

OR

柿染液倒进桶
中，进行浸染。
将染、晒的步骤
重复两三次。

《蚕蛹汤》
by Jaaja

在阳光下晒干，见柿染的颜色越来
越深，即完成。

也染起来
顺便也篮子

作方法

④

打出井水。

（含氯不可用！）

用石臼
捣烂柿子。

将井水＋柿子泥装
入瓷罐，盖上一层纸，
不必密封。

⑤放置一周使其发酵。
取出罐中物放入布袋，
挤出汁液之后装瓶，
完成！

穿上防虫的柿染衣服，与昆虫为伴

日日割草的处暑时节

夏天的谷相村微凉，清爽的风吹过山谷，宛如身在高原。红色的野生水仙花和我大爱的合欢树正值盛开的季节。在我每天散步的路上，很快就会有气味甜香的百合花迎面开放。采摘夏天的青柿子，做柿染。用柿染料浸染之后的布料缝制日本的农民服——农装裤。柿染可以防虫。谷相村的夜晚，蚊子和萤火虫四处飞舞。晚上睡觉的时候，放两只萤火虫在蚊帐里，它们点着光亮飞来飞去，如梦如幻。

不同于城市，谷相村的四周被大自然包围着。举目四顾，你会发现我们身边的大自然真是富足。且不说花草，还有大量的昆虫。这期间有一次我开着小货车外出，不经意地瞥了一下镜子，吓了一跳。在我的头顶上居然有根树枝，再仔细一看才发现是竹节虫，身体正随着车辆的颠簸而上下跳动。而令人毛骨悚然的昆虫代表莫过于苎麻夜蛾的幼虫了，它们非常喜欢酷似紫苏的苎麻。苎麻如果不割去，它们就会成群涌来。苎麻夜蛾的体色鲜艳浓烈，脑袋红红的，身上也布满了一个个红点。碰一下它就会从口中嗒啦一下吐出黏糊糊的绿色黏液。一条就足够可怕，如果一下子出现很多条实在是令人毛发倒竖。不过，苎麻夜蛾，这名字听起来倒是蛮可爱的。另外还有大量出现在浴室中的千脚虫。烧柴窑要用松木，它们则会在砍柴的木屑中大量出现，在浴室的天花板和墙壁上四处蠕动。有时会卷成一团从裸身的我的头顶上方啪嗒一下掉下来，让人惊叫连连！说起这种千脚虫，我回想起我在泰国租房子住时的事情，它让泰国人也害怕过，钻进了睡午觉的小孩子的耳朵里取不出来。泰国的千脚虫有 10 厘米长，泰语叫作 kinku。

日本也有很危险可怕的虫子。天气闷热的日子里要提防蜈蚣的出没，它们会藏在劳动手套或者擦手毛巾里面。有时还会钻进被窝里。如果它爬到了你的手腕上，千万不能大叫并剧烈活动。为了治疗虫咬伤，我自制了蜈蚣油，用筷子捉住蜈蚣将其浸入橄榄油中。敏感地察觉到蜈蚣的存在是非常重要的，请打开你的感官去感受。

可是，易地而居，虫子就变成了神。在老挝的农村里还有供着蜈蚣神的寺庙，蜈蚣大概是土地之神。在韩国汉方药市场上，会将百只蜈蚣束成一束售卖。那么高知县的土地神又是什么呢？应该是蚯蚓贯太郎吧。身体在水中呈现宝石般的绿色，美艳绝伦，令人望之出神。

蔬菜寿司

竹屋的面包

夏日祭

土佐鹤

金平蒟蒻

醋拌黄瓜旗鱼

西式牛肉风格的豆腐

挂蚊帐的生活

《水清丽女神》by 菲丽帕·齐奥达诺（Filippa Giordano）♪

支起蚊帐的夏日生活

夏日祭种红小豆

到了夏天，我每天晚上都会挂起蚊帐睡觉，因为点蚊香会让我流鼻涕。据说蓝染蚊帐可以防虫，我便把自己小时候用过的蚊帐拼接改阔，继续用起来。透过麻布蚊帐看着外面，朦胧似梦。宽宽松松的蚊帐布又美又凉快。蚊帐是最适合夏日生活的家居用品。

今天，有夏神的祭祀庆典。昨天去清扫了大元神社的里里外外。男人们拿着竹扫帚清扫外围，女人们用抹布擦拭殿内各处。我突然想起有帘子卷起还没放下，就央求哲平："去帮我把帘子放下来恢复原状。"哲平一打开大殿的门，突然咔啦啦一阵很响的声音打破了整个神社的寂静。

神官入野先生闻声慌忙赶来。大声喊道："那里不可以打开！"神色严峻，看来是我们懵然无知，打开了禁忌的大殿，还进行了打扫。身为"执事"，大家都受到了严厉的批评，个个战战兢兢。

神官开始进献祝词。近期以来，进行这一步骤时会搬来立体声音响，一按藏在袖中的开关，就会播放笛子演奏的乐曲作为献祝词的背景音。神官开玩笑说如果按错了开关，音响里就会传来他自己喜爱的桃色幸运草 Z 的音乐。

这位笑容满面的入野神官接着说出如下话语，奇妙地打动了我。他祈祷说："我们只是生活在广阔大自然中的渺小的人类。感谢自然界的果实恩惠让我们度过炎热的夏天，祈祷稻米成熟的秋天的到来。"当鼓声咚咚咚地敲响，突然一阵令人不可思议的风吹起，树木都随风摇动起来。

祭祀之后就是"直会"聚餐。大家一起分享祭神的供品，也就是供食。这时，神官来跟我商量："神具又该修缮了，由美可以帮忙做一下吗？"昨天在清扫的时候，我偷偷看了一下神具。神具是一副已经破破烂烂的布品。听说以前是用草木染的真丝和服做神具，因为草木染和服可以将植物所具有的药效传到皮肤当中。"草根树皮为小药，针灸为中药，饮食、衣服为大药。"正如中国的古书上所记述的那样，衣服也和食物一样是具有药效的物品。就像现在是服用药物，从前是用草木染的衣服来治疗身体的疾病。神圣的力量也寄住于布匹之中。听说将草木染的和服当作神具，我不由得倍感稀奇。

今年夏天台风暴雨不断，天气恶劣。我们的祈祷之所以未能传达到神灵那里，大概是因为打开了那扇禁忌之门。

谷相的
兽道地图

鼹鼠

日本獾

貂鼠

野猪

鼯鼠

美良布方向

野兔

大丰方向

永野方向

白尾林道　蝮蛇　　野猪

野猪崽

果子狸　　小鹿

浣熊

狐狸

永野方向

月《一本道》by友部正人
月

村民自建的道路

村民自建路与山中兽道

在梅雨季节结束之前的7月小暑时节，村中有一项活动是要求村民一起清除路边杂草和进行道路清扫。以前我家都是哲平去参加，但这次因为他出远门去办展会，就由我和理惠以及象平一起参加。原本一家出一个人就可以，我家出了三个人，村民们都很高兴。在这样一个人口越来越少的偏远山村，如此繁重的体力劳动，一些上了年纪的女人也逐渐加入进来。高知县的女子人称"八金"，她们独立性强、爱笑爱闹、力气不输给男人，是一群健康有活力的女子。

"原来的村路，是战前村民们徒手挖建的。那时候还没有挖掘机那种重型设备呢！"听说当时不仅有男人，也有女人参与了建路工程。从山下一直到谷相村的这条道路，并非市政建设，而是由村民们自己铺设出来的。也许对谷相人来说，道路是通向外部世界的重要途径。

清理道路时一边割草，一边能听到好多事情，其中最有意思的是，在谷相村的正中有一条叫作木马道的道路。所谓木马，是从山里运送出木材等沉重物资的，用栎木制成的，像雪橇一样的运输工具。雪橇？听到这个词我的眼睛都瞪圆了。没错，确实是拖拽着使其在地面上滑动。并且听说从前还有新娘子乘坐木马车嫁到谷相村来呢。我想起在富士子家里曾经看到过真正的木马车。

通往谷相村山上的道路一共有三条。晚上如果穿过新建成的白尾林道，或许可以见到鹿群。漂亮的鹿角就像造型美丽的树枝，高大的雄鹿气定神闲，周身释放出圣洁的光芒。看它周围，只见另两只野鹿睁着杏仁般的黑眼睛在看着你，身后还跟着长有点点白斑的小鹿。这是一个家庭。是的，这条路不仅我们人类通行，也遍布着鹿、野猪、貉等野兽的足迹。地球不只是人类的地球，像鹿这样的野生动物在森林中过着自给自足的生活，令人钦佩。当与气质高贵的野鹿四目相投，那一瞬间会让人不由自主地屏息凝神。在中国西藏和不丹，双鹿面对面的图案是寺院的象征。在奈良，神的使者也是鹿，鹿是和平的象征。能够和野鹿居住在同一片森林，行走在同一条小径，在这个人类文明的时代是多么珍贵与快乐的体验啊。

夏天结束的时候，木匠田中先生送来了野鹿肉。是一整条鹿腿。因为锅中根本盛不下，我只好按照关节去动手拆解，割筋切肉一共忙了一个多小时。我伤感着它也许就是那只气质高贵的鹿。肉入口中，有种树木果实的清香滋味。野鹿的生命，就这样进入了我的体内。

Cool Water
by Talking Heads

大暑收割大黄米

今年也很热，酷暑降临。田地被烈日暴晒着，滴雨不落。因为缺水，芋头叶子已经开始打蔫了。我将大锅装上小货车的后斗，开着车去打井水再拉回来，咕噜咕噜地为苏得乐农场和不丹农场灌溉。后来，眼看着种满了夏季蔬菜的 Love me 农场中的黄瓜就要全军覆没，我决定将小河的水引到田里来。

一大早，我就穿上长靴，带着小砍刀，拖着谷相人称之为黑管的黑色软管，向小河的上游进发。像一次小小的探险活动，弟子真帆和理惠随后过来会合。一踏入河中，视线都变得水汪汪的，河水凉丝丝的，令人惬意。我想起家里孩子还小的时候，热衷于在河里玩水的往事。使用鱼枪，走到小河上游去抓鱼，逆流而上的极致快乐就是在那时候体验到的。孩子同学的父亲说，现在的小孩子不太在河里玩，于是去和鱼协交涉，希望能够允许孩子在小河里抓更多的鱼。幸得他的努力，孩子们终于可以在河中抓到鳟鱼、鲇鱼和杜父鱼了。

黑管长 20 米，很重，拖起来很吃力。为了使之在上游不浮起，在黑管上放了些石头固定。逆流而上，这些工作不知为什么会使大家全都干劲十足。是不是因为得到了河水的神力呢？眼看大家因小河而欢笑雀跃，心里也觉得不可思议：
"就是引个水而已，为什么觉得这么兴奋呢？"就这样大家一边说说
笑笑，一边齐心协力引水，当河水终于被引到田中时，欢声四起。

流动的水具有生命力。用双手掬起一捧小河的流水，家鸡们伸喙
而饮，甚为满足。古代的人类就是这样饮用河水的吧，而不是喝装在
瓶子里的水。也许我们体内仍然留存着喝流水的记忆。在河水中走动，
就好像有种与河流成为一体的奇妙的感觉。水本来就是流动的物质。
水是一滴一滴，滴滴答答从岩石缝中聚流而来成为水脉，所以流动的
水就像是有生命的物质。

在谷相村，还有水神，名字叫作天滝。缺水的时候，可以求雨。
祈求天滝神，今年也请使水田中蓄水充足。动物、植物，所有的生物
都需要水。我们不知从何时开始，忘记了真正需要的东西，专注于赚
钱的经济活动，忽视了对水的感恩之情。在进入大自然之前，重要的
是向水神感恩："感谢恩赐，我们领受了。"

对我们人类来说，大自然是丰厚的馈赠，可是 2014 年高知县夏天的
大自然，却变得异常暴躁。我们用黑管引水的小河，后来因大雨而河水
泛滥，我家工作间的地板下面遭到水淹。在大自然面前，人类的存在实
在是太微不足道了。流水这种"生命体"，有时会变成来自大自然的威胁。

月《心／世界》
by 青叶市子 月

化身为栗子的稻稻

立秋播下西兰花的种子

那是从中国拉萨返回日本途中发生的事情。因为拉萨海拔约3600多米，为避免高原反应，我们决定去的时候多花些时间，回来时从拉萨飞往关西机场。人还在拉萨，就得知高知县下了暴雨，工作间的地板下面遭到水淹。留守在家的儿子无法应对这种突发事件，他们的焦急能从电话中清晰地感受到。还有大型台风在向高知县方向靠近。我归心似箭，恨不得立时三刻回到家中。

从拉萨起飞的飞机，很快就到达了北京。换乘国际航线的时候，得知飞往大阪的飞机因台风的原因被取消，柜台前排起了长蛇阵。我还是第一次在乘坐飞机旅行时遇到这种情况。当被告知第二天有经由大连飞往广岛的航班时，立刻请柜台出了票。

那天，在北京由航空公司提供的酒店中度过了一晚。如果放在以往，我都会出去逛逛，但是那天完全没有兴致，只想早点回家，感觉似乎有谁在呼唤着我。

终于，在强风中，飞机平安地降落在广岛机场。我马上给家里打电话，儿子在电话里报着平安："稻稻和阿田都很好啊。"乘上大巴车进入到广岛市内的时候，手机突然又响了，"稻稻，稻稻被车撞死了。"儿子在那头说。顷刻，我仿佛呼吸停止，大脑一片空白，心如刀割般剧痛。明明再等一天就能见到了呀！那个我一回家就会飞奔过来"要抱抱"的稻稻，居然就这样走了。听说之前它一直坐在玄关，等我回来。稻稻想念我，我又怎么可以没有稻稻！

阿鲷和象平兄弟俩互相袒护着，哥哥说不要怪弟弟，弟弟说不是哥哥的错，是我不好。一定因为是生死与共的家人，才会这样互相包容关爱，这让我心中感到些许安慰。可是，一想到我再也见不到可爱活泼的稻稻，便从心里生出深切的悲哀。一个人走在去浴室的路上，抬头仰望星空，我会试着叫"稻稻——"。怀念毛茸茸的稻稻抱在怀中的触感，圆滚滚的稻稻身体上的气味。稻稻虽然是只狗，但完全就像人一样。它浑身上下充满了作为生物的活泼精力，体现着生命力的本质，亲爱的稻稻。很长一段时间，我都无法接受这个现实，内心几欲崩塌。待终于能够去稻稻长眠着的栗子树下时，已经是稻稻离开一个月以后的时候了。

现在，稻稻就在栗子树下永远睡去了，它的身体已经完全化成泥土了吧。凹下去的那块地上堆上了石块，做了一个曲登[1]。稻稻很快就会用身体为栗子树提供营养，变成好吃的栗子，然后再回到我的身体里吧。稻稻的灵魂是永生不灭的。终于，我终于愿意相信，也许，院子里飞舞着的黑色的蝴蝶就是稻稻的转世。我觉得有一只看不到的稻稻，就在我的身边，永远和我在一起。

夏末时，高知县的海花艺廊举办了摄影家佐佐木知子女士的摄影展《余下的日子》。我在其中看到了刚到我家不久的小稻稻的照片。稻稻活泼的生命就这样真切地存留在影像之中。

[1]曲登，藏语佛塔之意。在藏区村庄里，随处可见石头堆砌而成的或砖头垒起的佛塔。

我的针线工作

わたしの
ちくちく
仕事

麻もんぺ

麻布农装裤

● 做法详见 P72

日本的农民服——农装裤。
与半裙叠穿穿舒适保暖。

我的事业，野生的飞针走线

中国古代的四书五经中曾经提到，衣服也像食物一样，可以治疗身体疾病。

从前，衣服作为可穿着的药物，是用可入药的草木染成的。所以对人的身体来说，衣服与食物具有同样的功效。即便是现在，药也以一服二服来计数。据说是因为对古人而言，疾病的治疗是通过穿着药用草木浸染过的衣服来进行，故有此称呼。

我的工作就是一针一线地做衣服。使用麻布、棉布、真丝、羊毛等天然布料或草木染的布料。

麻布半裙 麻スカート

在棉布之前，人类的衣服材料使用树皮或者麻。麻布半裙温暖结实，可当作耐穿的日常服装。

农装裤是日本的农民服。亚洲的农民服，都是可以使身体活动自如，洗过之后马上就能穿的衣服。像藏族人那样的叠穿法是我每天的着装方式。在藏式长袍的下面，穿上农装裤、麻布半身裙，身前还要系一条围裙。腰腹部位既保暖又适合养蜂或播种、割草等田间工作。

服装的基本要素就是要宽松舒适、透气良好。贴身穿着的衣服也是如此，过于裹紧身体的衣服会使人呼吸不畅，饱含空气、会呼吸的衣服才让人感觉舒服。

上半身着装单薄，下半身叠穿数层，以保持头凉足暖、上虚下实，因为身体通过横膈膜的上下活动进行深呼吸。而穿在身上的衣服，则可以将我们的深呼吸温柔地包容。

外衣以及贴身服饰，对我们的生活和生存方式都会产生影响。我不想制作千变万化的时装，而喜欢一针一线缝制出具有远古之风，让人能够深深呼吸的最基本的衣服。

缝制麻布半身裙

材料
* 括号内内为童装尺寸

麻布＝宽幅150cm（110）X75cm（45）
松紧带＝宽幅8mmX75（45）cm2条

做法

○将布料对折，布面朝外。然后将两层稍微错开，使下面半幅露出2mm的边，在离布边1cm的距离缝线。使下片缝头余边1cm，上片的缝头余边0.8cm。

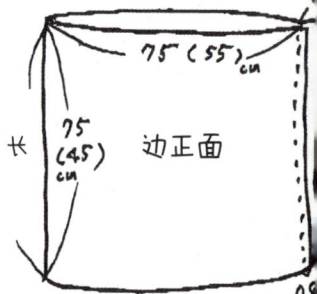

边正面
长
75（55）cm
75（45）cm
0.8

1cm的褶。

③将面料里子翻过来，缝腰部使其能够装入两条松紧带（参考下面的『裙腰松紧带』）。下摆1cm的内侧，用缝纫机跑三道线。使其经一次水洗之后有缩水毛边的感觉。

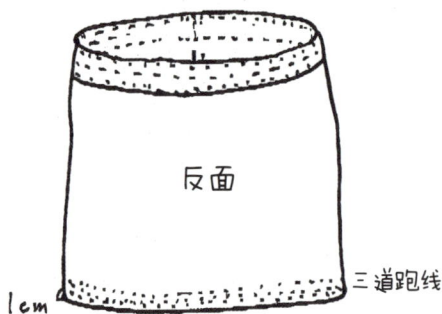

反面
1cm
三道跑线

②将宽缝头向窄缝头卷起，用缝纫机封边。这样一来面料的毛边就被卷在内侧不会露出。

跑线

● **折边缝制**
这是制作水洗之后也不会开线的结实服装的缝制方法。

①将面料错开0.2cm，用缝纫机跑线。

1cm
跑线
0.8cm

* 图中括号内内的数字，适用于身高130cm的人。

②打开缝合处，将右侧（1cm）缝头覆于左侧（0.8cm）缝头之上，一针一线用手缝边。这里就是裙子的后中线。

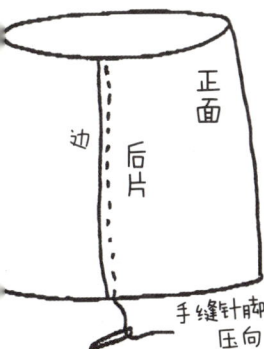

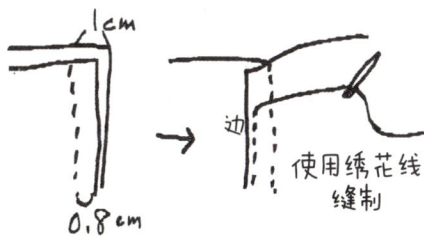

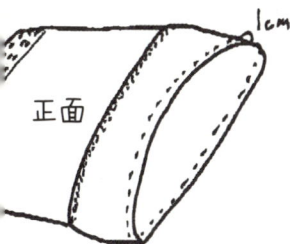

正面
边
后片
手缝针脚压向左侧
1cm
0.8cm
使用绣花线缝制

---

⑤翻回面料正面，如图在腰部向下17cm处，安装口袋。

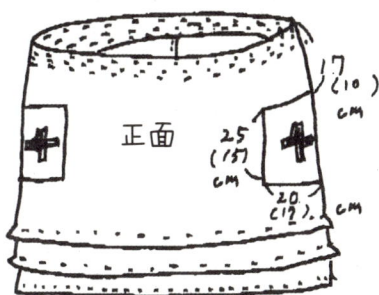

正面
1cm
将裙裾打折用缝纫机跑出两条褶皱。

正面
17(10)cm
25(17)cm
20(12)cm

●腰部松紧带

穿入两条松紧带，做出结实牢固的裙腰。

㊀腰部位置折3.5cm三折，留出松紧带的穿入口3cm之后，以a、b、

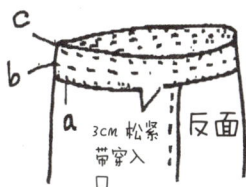

c
b
a
3cm松紧带穿入口
反面

②用穿带针在ab和bc之间各穿入一条松紧带。

反面
穿带针

创造的快乐与布游戏

②裁成口袋的形状。

①将碎布头拼接在一起。

将碎布头拼接在一起，用来做口袋

将宽幅约15cm的面料折边拼接缝合，接在裙子的下摆处。用喜欢的布头按喜欢的样子拼接组合，享受颜色和图案的变化。

拼接裙摆

将喜欢的碎布头拼接在一起，做成长方形的膝盖布，折边用缝纫机缝好，安装在裤子上，用3号绣花针一针一针缝出明线。

用绣花线一针一线缝出明线

104

④从翻面口处将口袋翻回正面，缝好开口处，缝在喜欢的衣服上。

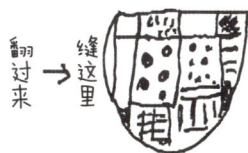

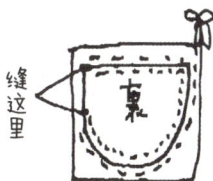

缝这里

③将反面朝外贴在布料正中，留出7cm的翻面口，缝好周边。裁剪成口袋形状。

翻过来 → 缝这里

②打开缝头分成两片，缝在裙裾边的内层。

③卷起裙边缝合。

①做3cm宽的细长布条，接在裙裾边。

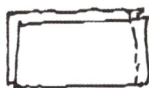

拼接小布头，包卷裙边

将毛毡裁剪成自己喜爱的形状，放在口袋布上，毛毡边0.2cm处用缝纫机缝合。也可以用手缝制出并缝、缭缝等形态。不只可以用在口袋上，也可以用在裙角包边等处，任由想象自由发挥。

缝缀毛毡

点墨点 P101麻布半裙的花色）

用固色液稀释墨汁，用毛笔在布料上点上墨点。过水一次，洗掉多余的墨汁之后再用来做裙子。图案不仅限于圆点，不妨将面料作为画布，用毛笔随心所欲地在上面画出图案。
※固色液，可以保持颜料颜色的保持剂。

在去西藏圣地拉萨的旅途中，遇到了穿着这种交领连体服搭配农装裤的人。

怀旧的和服式服装

　　一边旅行，一边缝缝缀缀做针线。放眼世界，在与流行服饰无缘的地方，人们还穿着自己民族的服装。针针线线手工缝制，自己穿着，过着衣服自给自足的生活。如果翻开袍子的下摆，还可以看到色彩缤纷的碎花图案的布头拼接，这些穿戴者独具风格的原创精神令人心生欢喜。

人服饰，襟怀中揣着全部身家。

泰国的山岳少数民族,从前是刀耕火种的民族,也被称作苗族。

　　这三种服装,是藏族人或苗族人的服装。这种衣服不是外出礼服,而是日常生活中的普通穿着。人们穿着它们放牧、耕田,在朝圣之路五体投地行大礼。有生之年就是由这种款式的衣服包裹着身体,贯穿一生。毋庸置疑,这种衣服在保暖的功能性、活动的方便性以及结实耐穿度等方面样样具备。

　　而且这三种服装具有一个共同点,美丽的领口款式。亚洲人脖子短,不像欧洲人那样纤长,所以和服形式的领口最为舒适合理。通过着装彰显优点,可以让人感觉到穿着者的优雅高贵。我认为这些服装不是单纯漂亮,也并非只是实用,而是二者兼具,美丽而健康。

白露是指随着秋意加深，空气转凉，叶片上开始凝结一滴滴晶莹透白的露水之时。

真正的秋天来了。金桂、石蒜花开。芒草、葛草、黄花龙芽草等秋天七草绽放草花。

开始采收栗子，种马铃薯。

秋分 [九月二十三日前后]

秋分日，昼夜等长。从这一天开始，白昼渐渐缩短，秋意更浓。秋芍药开花。

采收芋头、银杏果；栽种大蒜、胡葱、大葱；进行最后一段冬季蔬菜的播种。

寒露 [十月八日前后]

寒露，是指天气进一步转寒，草木上的露水感觉剔透冰凉。

空气清澈，月光美好。落花生、野生山栗子正当季。

开始吃番薯和芋头。

霜降 [十月二十三日前后]

霜降是早晚的寒冷愈加变得明显，开始下霜的时节。

很快就要告别秋天了。栗耳短脚鹎飞来，吸食茶花的花蜜。

播种蚕豆。

播种人的工作日历

秋

立秋 [八月七日前后]

立秋，是开始感受到秋天气息的时节。虽然暑热犹存，但已微微有些秋意。立秋是玉米和毛豆的收获季节。荷花盛开。播撒种子，准备培育秋季蔬菜的幼苗。

处暑 [八月二十三日前后]

处暑，意为炎热越过了高峰期，开始缓和并告一段落。早晚的微风、夜间的虫鸣带来秋的感觉。蜻蜓飞舞盘旋。播种秋季蔬菜。制作甜醋腌藠头。

白露 [九月八日前后]

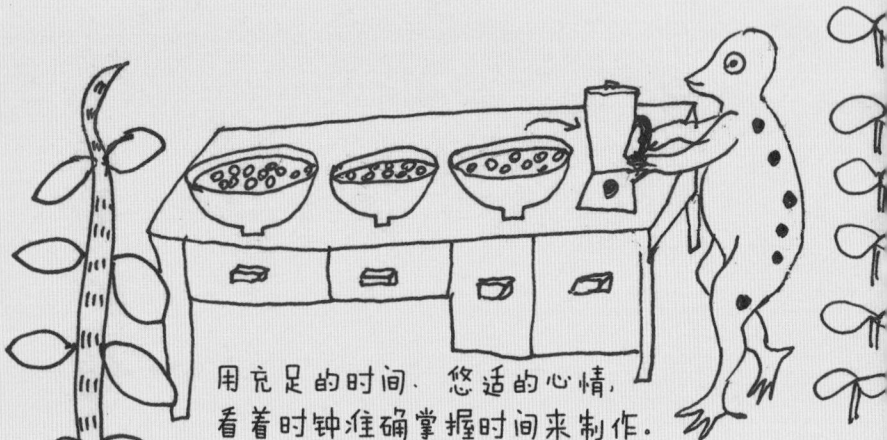

用充足的时间，悠适的心情，
看着时钟准确掌握时间来制作。

① 大豆浸泡在1200cc的清水中。　　泡至大豆鼓胀
　夏季需8个小时，
　冬季需20个小时。

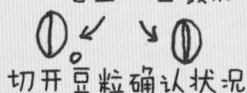

切开豆粒确认状况

② 将泡好的大豆和水一起分成三份，
　盛到三个碗中。用粉碎机粉碎搅拌2分钟

每1/3份

一碗豆子分三批依次放入粉碎机
粉碎，每次2分钟（生豆浆）。

③ 大锅中加入1300cc清水，
点火煮制，加入粉碎
好的生豆浆，粉碎机
中加入200cc清水
摇涮之后一起加入
大锅中。（1500cc水+生豆浆
用中到大火煮沸之后，
用木铲子边搅拌边煮。

大锅

♪音乐
《骑上
自行车》
by高田渡
♪

适当调节火力或者加100cc水
以防溢锅。用旺火煮。

大锅

另取一口
大锅，上面
架上金属网
篮。网篮中
放好布口袋。

布口袋

金属网篮

另一口锅

将煮好的豆浆液倒入布口袋中。

④ 布口袋中
的是豆渣，滤
到大锅中的汁液
就是豆乳了。
用力挤压（注
意不要烫伤）。

美味的豆腐渣

豆乳

⑤ 点火煮
豆乳。放入温度计，
当豆乳温度达到75℃~80℃
时，将12.5ml卤水溶于50cc
温水中，然后边用
木铲子搅拌边注入
锅中。顺时针搅拌一圈，
再逆时针搅拌一圈，盖上
锅盖，等待15分钟。

⑥ 将滤布铺在木托盆或者
竹编篮中，用汤勺捞出松软的
豆腐放入。使用木托盆，
上面放一个罐头压15
分钟。将豆腐放在水中，
撤掉滤布。

木铲子

材料
克豆
ml

大锅

温度计

布口袋

木盒或者竹编篮

滤布

在水中浸30分钟~1个小时。
篮子里的豆腐连篮子一起
浸入水中。

自制豆腐吃起来

立秋之前采蜂蜜

某天，玄关放着块刚做出来的热气腾腾的鲜豆腐。是谁送来的呢？我四下张望，看见了正在工作间下面的梯田中割草的前田英男先生。

"豆腐是英男先生拿来的吗？"

"一次做了很多呢。"英男先生的太太芳子女士一会儿又送来了豆腐渣。

身材魁梧的英男先生，兴高采烈地教了我做豆腐的方法。他还是个采蜜达人，蜂蜜的采集方法也是他传授给我的。

英男先生说做豆腐很容易，只要把大锅放在灶上就好了，所以我也想试试看。大豆用的是以前住在谷相村的秀治君种的无农药大豆。秀治君从关东搬来谷相村，想体验真实的生活，他在这里耕种水田和旱田，生活了一年多，之后又下山了。据说为了养好土质，最好先种大豆，所以他种了很多大豆。我家去年的味噌、今年的味噌用的都是他种植的大豆，现在依然有富余。大豆作为蛋白质的来源之一，在过去就很被重视，大概是容易保存的缘故吧。

最初几次做豆腐，都以失败告终。几次摸索之后，终于做成了。做豆腐最关键的是要掌握好做豆浆时候的火侯。这时需大火烧开之后，用木铲子在锅中转圈搅拌，以免煳锅。如果眼看要潽锅就微调火力，或是添水，然后再开大火，一定要使锅中一直保持沸腾的状态，才能做出浓厚的豆浆。火侯不够，豆浆就容易稀，点进卤水也不会凝固。刚做出来的豆腐，是非常可口的大豆味道。每次必有的豆腐渣，也是软糯香甜，无比美味。因为豆腐渣太好吃，以至家人直接请求"再多做些豆腐渣"。可以同时得到鲜豆腐和豆腐渣，真让人感觉赚到了。每次看到超市里卖的豆腐，我总是会想，豆腐渣哪里去了呢？

在谷相村，有当地特产的好吃的豆子，那就是在谷相村留种培育的原生品种茶豆。我把它们种在苏得乐农场，引得过往路人交口称赞。茶豆种子是买不到的，这就意味着必须自己培育留种不使之断绝。在战前食物匮乏的时期，茶豆因为绵软可口，是谷相村民众宝贵的营养源。我喜欢在田里种茶豆，这样我就可以吃到日本的传统食品，借得豆子的力量，用心工作，认真生活。

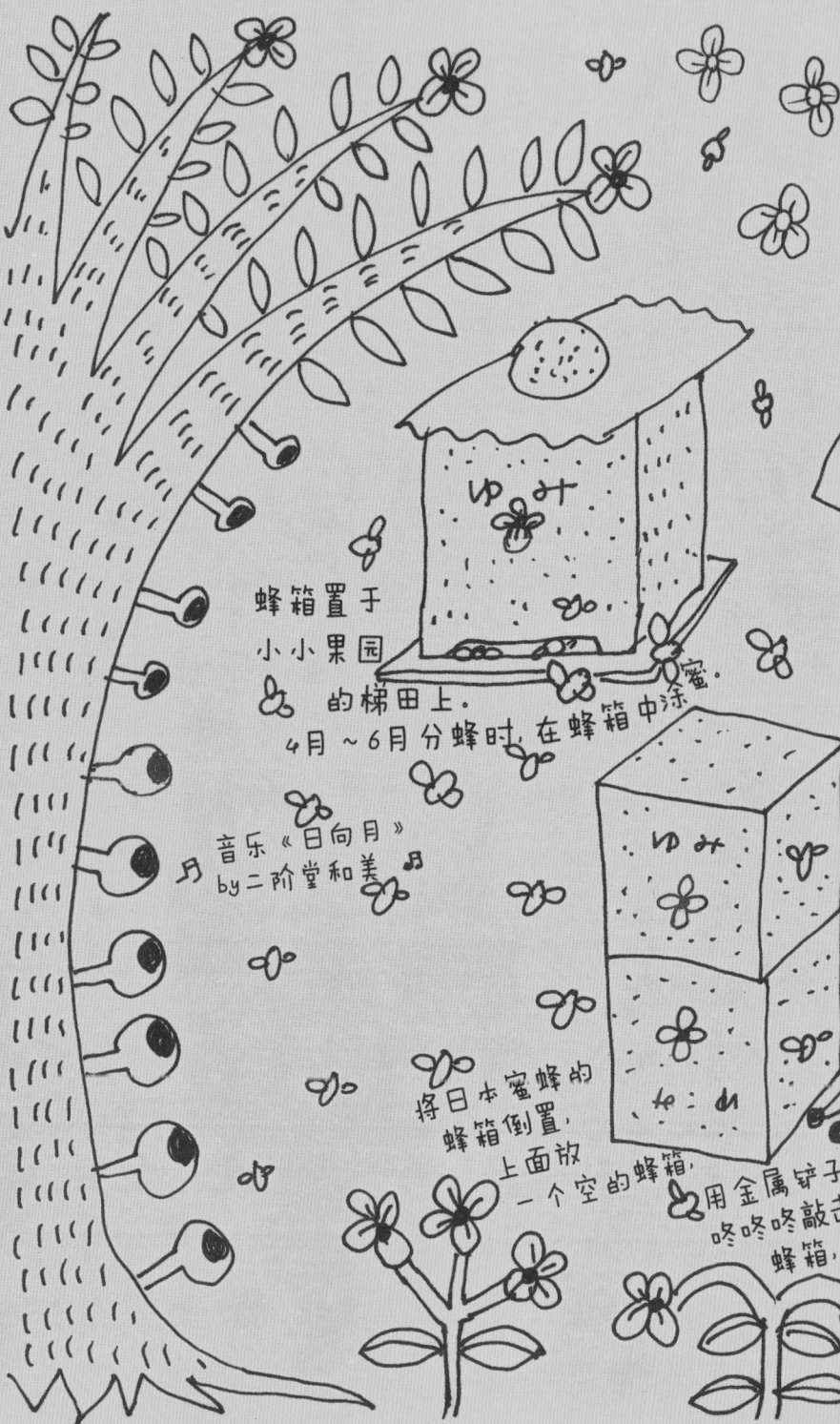

蜂箱置于
小小果园
的梯田上。

4月~6月分蜂时, 在蜂箱中涂蜜.

♪ 音乐《日向月》
by 二阶堂和美 ♪

ゆみ

ゆみ

ゆ：み

将日本蜜蜂的
蜂箱倒置,
上面放
一个空的蜂箱,

用金属钉子
咚咚咚敲击
蜂箱.

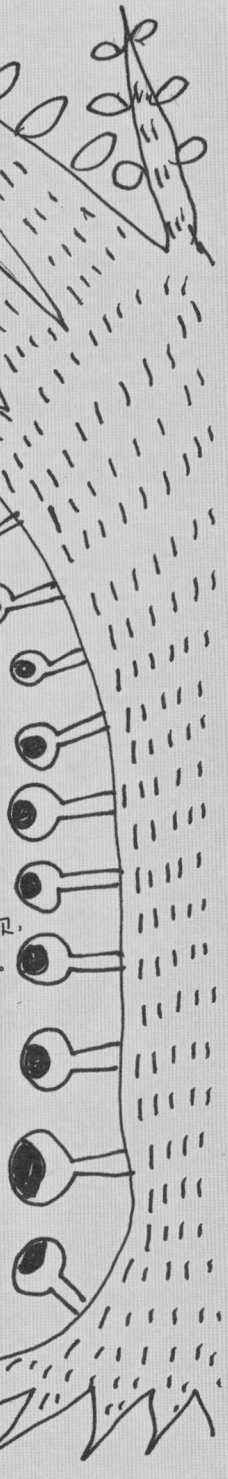

采集蜂蜜

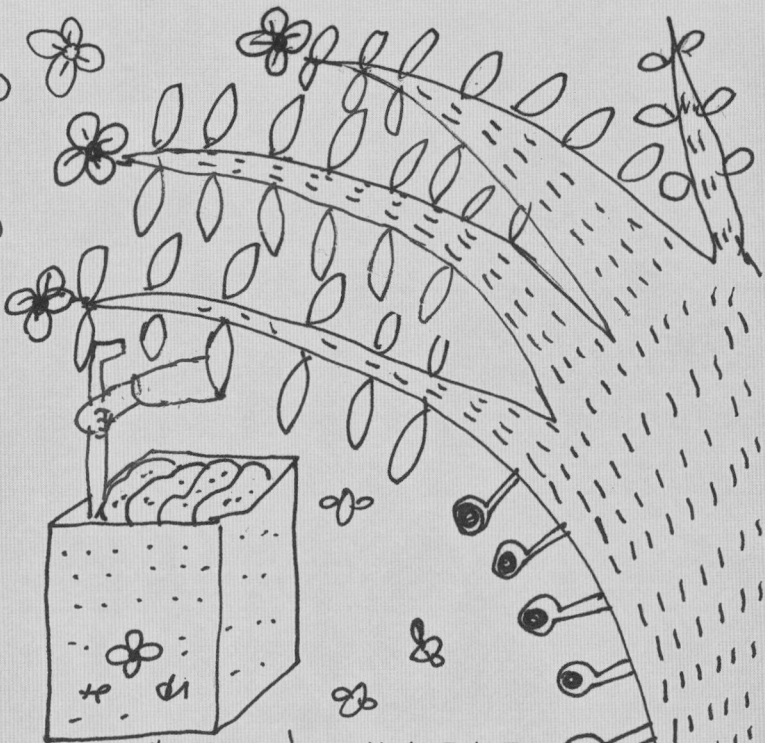

用铲子切开蜂巢。

放在阳光下，使蜂蜜滴入下面的容器中，用滤网，过滤两次，装瓶。

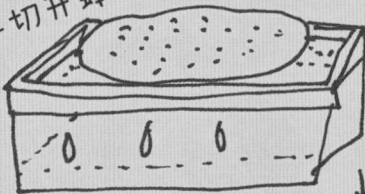

移至上面的蜂箱中。

森林的赠礼

采集森林的赠礼——蜂蜜

白露时节制作蜂蜡膏

　　往年在 7 月末进行的日本蜜蜂蜂巢的采蜜活动，终于在 9 月份实施了。在天气晴朗的一天，我与长子象平一起进山，走近蜂箱时，看门的蜜蜂已经排着队出来了。雨天或者阴天会影响蜜蜂的心情，而在天气好的时候，它们就会放松警戒，动作缓慢。据说蜜蜂动作迅速的时候不可采蜜，采蜜要穿着白色的衣服进行。我们小心轻柔地将蜂箱倒置，尽量避免使其震动，然后用孝雄制作的 L 形金属铲敲击蜂箱。持续不断地敲击了 30 分钟左右，女王蜂终于移到了上面的蜂箱当中。这时，倒挂在周围的成团的工蜂也随着女王蜂相继移到了上面。待它们彻底搬离，就将蜂箱中像被子一样排列着的蜂巢，用金属铲切开，装入有盖子的桶中带回来。不全部取光，留下一两片在蜂箱里。

　　带回家的蜂巢，放在网篮状的器皿中，使其在阳光的温度下融化，经过两三天的时间滴到容器中。过滤数次之后装瓶，就完成了蜂蜜的采集。再从剩下的蜂巢中采集蜂蜡。

从蜜蜂的蜂巢中能采到多少蜂蜜呢？这要视花开的状况和当年的天气而定。蜜蜂的交流能力非常强，采好花蜜飞回蜂巢的蜜蜂，会用舞蹈互相交流告知花开的位置。据说如果比较近，就用圆圈舞表示，蜜蜂之间通过身体和触角的相互接触，来传递花朵的气味。如果开花地比较远，就会摇着屁股画八字跳舞，以传达方位信息。伙伴之间就以这种方式互相帮助。蜜蜂可真棒。

蜂蜜是森林的礼物。不仅营养丰富、滋润养护身体，而且在稍微感到喉咙痛的时候，含一些蜂蜜即可治愈。印度阿育吠陀的书中也记载了蜂蜜的药效。蜂蜜是温和养胃、消除疲劳、消炎去痛的万能药物。我在出门旅行的时候，背包里总是会带着一瓶蜂蜜。

当我的小小果园中栽植的花和果树成为蜜源，蜜蜂便来到了我的生活。春天，有菜花、三叶草、莲花、枇杷、杏花、梅花、桃花、樱花、栗子花等。日本蜜蜂不像西洋蜜蜂那样需要固定的蜜种，它们采集各种花蜜。我在森林中放置了18个蜂箱，小小果园中放置了10个蜂箱，看起来就像是一个个抽奖箱。一想到绳文人也像这样过着狩猎采集的生活，我心里就美滋滋的。

阳光沐浴和宇宙能量都是免费的。把它们像食物一样送到身体中去。

伸开双手，手掌向上感受太阳的温暖，提高生命能量。深深吸气，将阳光吸进体内。

①

② 用意念将阳光汇聚丹田。

③ 与太阳融为一体，长长地呼出气息。

丹田

丹田放松心

右手放在上腹部

♪ 音乐
《深呼吸
Polaris》
大谷友介的
声音真好听。
♪

在丹
太阳神
丹田呼

抚住

（）上半身前倾
（力至丹田）
静静呼气.
（收紧后门）

②吐出气息
之后，边
呼气边伸展
上半身.

屏住呼吸,
松腰部.
复以上动作.
中，有
识地进行
腹部.

抱住大树与
之成为一体. 大树
自会回应. 将体内
真气汇聚于抱着
大树的双手手掌
心. 接受大树中
传出的真气,
吸收并使之在
体内循环一周.

学习丹田呼吸法，变成播种人、太阳人、树人

秋分时节种大蒜和胡葱

生活在谷相村，四周满是花草树虫鸟，自然生物丰饶。播种人可以从田里得到食物，从山中猎到野猪、收获山栗子和蜂蜜。得到了大自然的馈赠，就会明白我们人类也是其中的一部分。大自然不单是外界感受，也包括我们从内到外的身体本身。人的身体从出生开始就会以呼吸维持生命，这种生命的本源之力是从哪里来的呢？为了了解和面对自己的身体，我去参加了中内先生的丹田呼吸法全生会。课程于每月的第三个周一，在高知县的江口公民馆举办。上午学习丹田呼吸法，下午学习老子法和太极拳。

丹田呼吸法，是将宇宙能量及宇宙生命用丹田摄取，用于充实和提高生命力，并与宇宙相联结的方法。

世间万物都是由宇宙的生命之根而来，通过呼吸、吸收来获得能量，充沛丹田，再通过吐气，体验一种抵达宇宙尽头的感觉。中内先生是

位身心俱健的 88 岁老人。

今天中内先生的讲座很有趣。他笑容可掬，这样说道："身体必须进行磨炼，既不能放任不管也不能尽情滥用。吐气、吸气，和宇宙相接也是与大自然相接。与森罗万象相连，吸收宇宙银河的力量，将能量注入丹田。大家都用帽子或者遮阳伞逃避高知县的太阳光照耀，真的是太浪费了。人得不到太阳的能量就无法有充足的精力。太阳光免费提供，拒之不用可不划算哟。"太阳对我们人类的身体来说，是必不可少的、提高生命能力的能量源。让我们沐浴着太阳光，成为太阳人吧。

此外，中内先生在每天的日课当中要做的，还有与大树成为一体。他说，去拥抱大树，感觉从大树中涌出的能量，大树也会回应你。与大树成为一体这番话让我心动不已。回到家以后，马上到工作间后面的榉树和小小果园中的朴树那里去，试着与它们成为一体。张开双臂抱住比看起来还要粗壮的榉树，感受温暖的阳光照在后背。大树也通过它张开的叶片在感受阳光吧。片刻过去，感觉身心恬适安逸，已经与大树融为一体，我也似乎变成了树人呢。

克伦族衬衫

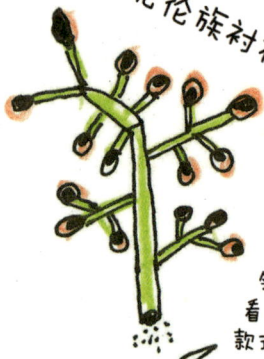

领口的剪裁让颈围
看起来很美,
款式简洁.

尼泊尔农民服

领口样式
与和服相似.
内穿纱丽.

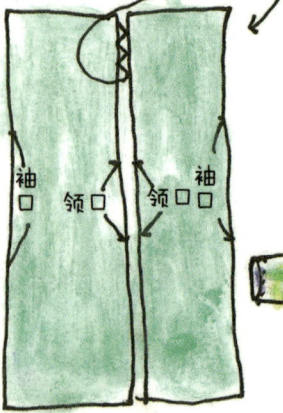

袖口　领口　领口　袖口

泰国农民衫　衬衫

蓝色的衬衫.

在泰国东北的依善地区,
当地农民都穿这种衬衫.

折线　折线
缝上

缝上

袖口

绳带

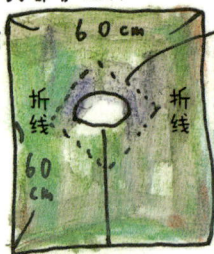

60 cm

折线　折线

60
cm

袖
66
cm

20 cm　20 cm

口袋布　2块

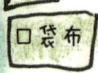

缝制亚洲的农民服.

种子踏

围裙

美农民服

泰国农民服

一种被称为泰裤·渔夫裤的腰身宽大的外裤。它的穿法是要将裤两端系在一起再卷下来.

衣服的自给自足

克伦族风格用彩

73cm

20cm

24cm 13cm 25cm 24cm

80cm 80cm

镰刀

♪♫音乐《圈内之歌》by 出生于高知县的七尾旅人♫
"孩子们去向未知的远方." 是一首动人的歌曲.

NO NUKES

日本农装裤

长靴

目农民服

阿富汗、土耳其的农民服

大致裁剪之后用袋缝法缝好.

印度的农民服　库塔上衣

(kurta)

围裙也是好看的农民服的一部分.

丰衣足食·缝制亚洲农民服装·农田赠礼之经济论

寒露时节挖番薯

　　环游亚洲时，田间耕作者身上的农民服深深地吸引了我。每天，我都会一针一线地用手缝制农民服，结束一天的针线活和田间劳作之后，傍晚时分，和哲平一起带着糯糯去散步。散步是我心情舒畅的源头。行走可以调整身体节奏，具有疗愈效果。散步时你会发现，谷相村里也到处都是种田人。走着走着，遇到香草园的御年先生。"你们家有南瓜吗？"他打着招呼，随手送了两个南瓜给我们。丰太郎先生塞给我们的大个洋葱几乎抱了满怀，据说他以前培育着3000株洋葱苗："我都93岁了，可还差得远呢，败绩连连。"89岁的阳贵先生从小路下面的田间喊我们："要不要莲芋？"散步回来的路上，双手满满的蔬菜。

　　以田识人。御年先生的田里，鲜花、香草和蔬菜一起种植。春天时，卷心菜和香草在田里一圈一圈交错编织出一幅画，田间花香飘逸，令人心旷神怡。弥惠家的田地，有大岩石的梯田处处用木头台阶相连，菜地看起来就像花田。阳贵先生的农田里，柿子树下栽种着大大的莲芋。

耕作土地的人，将他们自己的个性喜好都如实地反映在了田间地头。

生活在谷相村，家中玄关经常会出现豆腐、散寿司饭、蒟蒻、腌菜、竹笋、蔬菜等赠物。东京来的朋友觉得不可思议，反而有些胆怯以至不敢受用，这也让我很惊异。在谷相村，互赠分享是理所应当的事情。今年，我家的不丹农场夏季萝卜大丰收，也都分送给了大家。我特别高兴自己也开始进入了分享的行列，真正地变成了村中的一员。拥有土地可真是一件阔绰的事情啊！

据 2012 年高知县官方发布的统计，高知县县民的人均所得是 201 万日元，在 47 个都道府县中排在最后。即便在以金钱来衡量的情况下排在最末，在谷相村，大家仍都互赠分享田间所得，蔬菜、食物在各家各户之间循环运转。加上南瓜储备、薯类储备、薪柴储备、稻米储备，村民厨房中的食材自给率很高，人们的生活不是与金钱，而是与土地联结在一起。所以是不是末位无所谓，因为幸福与金钱财富不等值。

如果不用金钱，而是用蔬菜稻米来衡量，谷相村是富庶的。不依赖于金钱关系的分享经济、赠送经济，这种从土地田间的视角来看的经济才是今后高知县乃至日本的发展之路。

5月

浸种育苗

↓

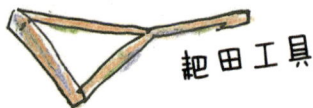

耙田工具

据说从前插秧时,
有叫作"结"的互助组织,其成员
互相帮忙.

插秧

育苗箱 ↘

6月

耙田整地——翻耕
土壤,引水灌田,
盖平.

↓

用手插秧,四五棵
为一穴,按照15CM
的距离插稻秧.

一畦畦
灌满水的
稻田就像
一块块美丽的
镜子.进入6月,
萤火虫飞舞.夜晚散步在月光下,
看月光晶莹,映在稻田中.

7月

8月

水的管理

↓

除草

↓

稻秧分蘖
之后,断水晒田.

分蘖前 20天之后 60天之后
五六枚叶片

扇车（扬谷机）
是一种通过
产生风力气流，
扬去稻谷中的杂质
和灰尘的
机器。

送到
脱粒机前
到恒夫家借

到和夫家借

大米相品出谷

脚踏式打谷机

打谷

音乐
《季节不停
向前流》
by七尾旅人

稻

工收割

挂架晒谷
10天～14天

腰间别上一捆
秸秆，用腰间的秸秆
捆扎收割的稻子，
拧卷秸秆别
到稻束之中。

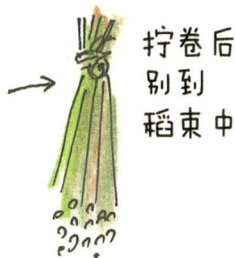

拧卷后
别到
稻束中

谷相村的稻米真好吃

割稻时节拾山栗子

谷相村梯田上出产的稻米优质美味，是因为山中的泉水滋养着它们，清清水流澄澈而有温差。搬来谷相村已经 16 年了。每年的新米季节都令人期待不已。只吃米饭就觉得美味无比，再配上一点酱菜和味噌汤，就足够幸福了。

在谷相村第一次种稻子，是刚搬来第一年的时候，哈克先生（田中寿先生）邀请我们插秧："既然来了这个有梯田的谷相村，要不要试试种稻米呢？"我带着象平和阿鲷两个孩子，哲平也一起加入。这是我们的第一次插秧劳动。两个孩子在哈克先生和明美女士（哈克的太太）帮我们涂好泥的水田里开心地疯闹，玩泥巴简直让他们快乐不已。结果第二天早起一看，田里很多稻秧都浮了起来，哈克先生又不辞辛苦地帮我们重新插好。插秧活动意外地让人感觉充实，虽然腿好痛。

第二次种稻子是在我家后面的不丹农场，种了 4 亩。和来自东京的年轻人们一起插秧、收割、晒谷。借用弥惠家的脚踏式打谷机和灰绿色的扇车，还向她请教了脱谷方法。使用脚踏式打谷机，滚筒上有很多尖状突起，两个人并排像踩风琴一样蹬踩机器踏板。当稻束遇到尖状突起，就会发出噗噜噗噜的声音，简直像乐器演奏一般悦耳动听。扇车则使用风力将瘪稻谷吹走。可是因为是脚踏式打谷机，所以会混入石子，到后来把恒夫家的脱粒机弄塞了。工具不全还是不行啊，我明白了这一点，第二年停止了种水稻。但是大米是非常重要的粮食，种稻子的梦想依然藏在我的心中。

梯田的风景秀丽，是我们心灵和灵魂的原乡。通过水稻的种植，你能看到谷相人还保留着劳作的热情。前些天，在烧窑的日子里，那位让我们首次尝试到插秧的快乐的哈克先生，离开了人世。在梯田一片金黄的季节，他启程去往山神那里。我感到莫名悲痛和惋惜，哈克先生不仅种稻子，还在周日集市上卖自制的首饰，他是在文明社会的另一面，追寻别样生活方式的人。现在，对于现代社会抱有疑问，来到山里回归自然生活的人终于逐日增多。哈克先生是先驱，他让我第一次体验到种植水稻的快乐。谢谢你，哈克先生。

我在工作间使用缝纫机的时候，阿田会过来我身边，在缝纫机台上居高临下地俯瞰躺在窗下的糯糯。糯糯摇着尾巴想和阿田做朋友，而阿田却呜噜呜噜地表示愤怒。

糯糯沙

糯糯已经长眠于栗子树下，而我却总是会不自觉地拿肉骨头和去找糯糯，

糯糯永远活在我的心里。

然后醒悟过来"糯糯已经不在了呀"，顿时悲从中来。

糯糯对着黑暗吠叫，是因为我们看不见的野猪正在靠近。

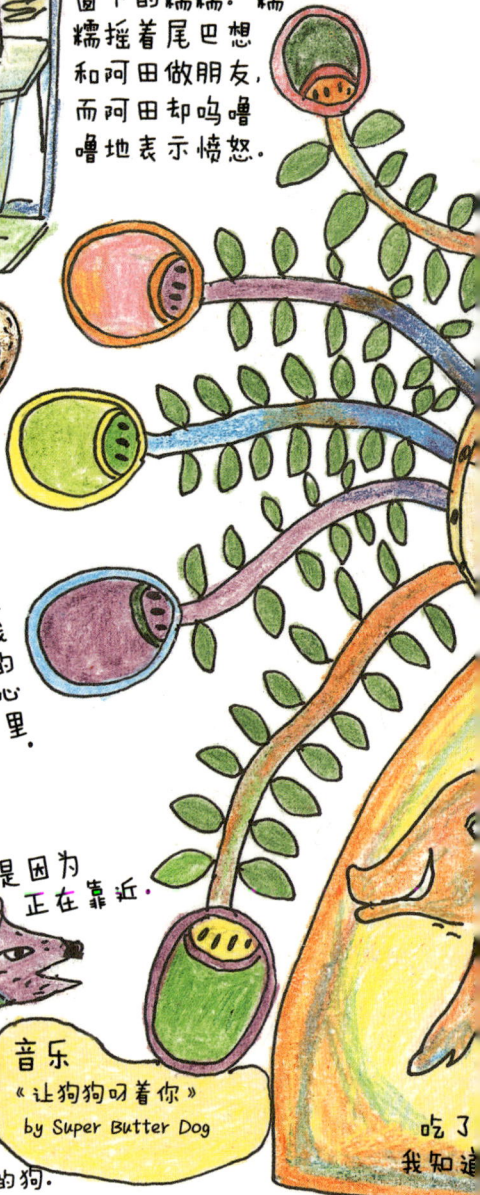

谢谢你，糯糯。

音乐
《让狗狗叼着你》
by Super Butter Dog

糯糯在泰语里意为小小的，但它是只大大的狗。

吃了
我知道

与阿田喵

每天带着糯糯去散步时，阿田都在库房的屋顶上目送我们。

糯糯走了，我和哲平出去散步的时候，阿田会跟着我们。猫成了我们的散步伙伴。

当中生命力！

树木

觉身体暖暖的，温暖了野猪的身体。

只要我在厨房，阿田就喵喵地过来黏着我讨要鱼干。我一喊阿田，它就会喵一声回应。

糯糯汪和阿田喵

霜降时节播种蚕豆

10月初的一天，下田干活的我被苏得乐农场的情形吓了一跳。只见一地乱七八糟的番薯藤，就像土地被重新翻了一遍。站在田里呆立了一阵子之后我明白，这是野猪的杰作。我家每天都把番薯当作主食来吃，所以种了很多。其中有鸣门金时300棵以及颇费周折才寻得的准备晒成番薯干的100棵东山，加起来一共种了400棵番薯。第一次遭到野猪破坏，眼前景象令人心痛。

也许是因为家犬糯糯于8月死去，野猪才开始侵犯农田。盛夏酷暑时，糯糯开始茶饭不进，连最爱的散步也不能去，最终离开了我们。苏得乐农场距离我家稍微有一点距离，但也许是出于对狗的感知，又或者由于糯糯散步时在周围撒尿做下记号，所以野猪一直不敢进犯。野猪给人的印象似乎总是一根筋地勇往直前，但实际上它们敏感又谨慎，嗅觉灵敏。据千代说，野猪最不喜狼的粪尿的气味。平时它们吃山中的树木果实和葛草根茎、野生芋头等天然野生的食物。难道山里没有食物了吗？我欲哭无泪，又重新种下了番薯，怎知三天之后又遭到野猪的洗劫。"尝到一次甜头就会再来的。"丰太郎先生告诉我说。这样一来番薯眼看就要全军覆没，于是我买来了预防野兽侵袭的红光闪烁的警示灯吊在棍子上。听说古代的山民为了驱魔，会将野猪头和脚挂在屋檐下。如果在山里猎到野猪，会挖出心脏刻上十字后进贡给山神，以示得到了神灵的馈赠，祭拜完毕再把战利品带回去。不过，据说在谷相山神的正式祭拜活动的菜肴当中，不可以有四只脚的动物。也许，山神是在告诉我们人类，要对如野猪这般自然中不可或缺的天然之物存有敬畏之心。

　　帮我们建造了栟郎爸爸小屋的木匠田中宪明，这次带来了物部村里猎到的野猪肉。煮来一吃，真是感觉到肉里生命力满满，原本那么令人憎恨的野猪，却好吃到让人下巴都要掉下来。现在，我感觉在我的身体里，也有野猪活着。是天然野生的野猪肉，唤醒了我体内的野性。野猪的生命力变成了汤汁，浸润到我身体中的每一个角落。在那一瞬，我仿佛与生活在广阔森林里的野猪合为了一体。

槲栎　　　　枹栎　　　麻栎

制作橡子豆腐
（还有青刚栎果豆腐）

NO NUKES

流传于高知县东部的食物

做法

① 捡拾青刚栎果的果实，收集在一起，
用清水浸泡。

② 晾干之后，在太阳底下晒三天。　也可以磨成

③ 将脱去果衣涩皮的果仁在清水中浸泡一晚。　粉末煮

④ 用大量的水煮，边撇去浮沫边添水，
煮至黏稠。用筛网过滤。

⑤ 冷凝之后即可食用。蘸酱油青芥辣。

在韩国吃过的橡子豆腐令人难以忘怀，用橡子豆腐粉
在家中动手复制。

① 锅中入水和橡子豆腐粉，搅拌均匀。

② 用微火煮至凝固。

③ 放入模具中，置于冰箱冷藏3个小时。

④ 蘸汁配料为酱油、芝麻油、葱花以及辣椒。

人类在绳文时代就开始食用的橡子，是富含生命力的食物。

常绿栎树

青刚栎

小叶青冈

扫集落叶做腐叶土。

吧

怀抱橡树

升起柴火

将米糠和落叶层层交互装入大口袋中，浇水。收紧袋口，在阳光下放置三个月。

音乐《随时有奇迹》by青叶市子

与森林共生的人：晴一先生的橡子之谜

小雪时节撒年糕祭山神，感谢自然的馈赠

　　刚搬到谷相村生活的时候，谷相小学还在。一进谷相村首先看到的就是小巧可爱的粉红色木造校舍。现在小学已经不复存在，只能凭空怀念，光是想起它的样子，心里也会暖起来。我家的孩子是它的最后一批学生。在入学典礼、鲤鱼旗运动会、七夕聚会、敬老会、大运动会、圣诞聚会、忘年会、新年会、学习发表会、女儿节聚会、毕业典礼等活动之后，每次都会摆上皿钵料理，举办村民之间相互交流的畅饮会。这样的集会让我认识了樵夫猎人晴一先生。

　　有时晴一先生会帮哲平的柴窑砍柴，柴窑用松树原木做燃料，有时还给我们看他猎到的野猪。晴一先生想造一片森林，晚年时播下了橡树种子。几年前的某个橡果成熟季节，晴一先生在下午茶时间来到我家，对几个年轻人说道："一定要造出橡树森林呀。"从口袋里掏出橡子大力宣传。能够进入森林伐木、会捕猎野猪和貉、懂得养蜂的晴一先生，一定是担心森林里的生物缺少食物吧。他把自家的梯田也拿出一部分种了很多橡树。用与杉木造林相悖的反骨精神，梦想着营造出大片的橡树森林。

已经告别人世、魂归山神的晴一先生，以他执着纯粹的生存方式让我的心灵受到洗涤。一个人静静地抵抗。从坂本龙马时代开始，高知县就是一片梦想改变日本的人层出不穷的土地，高知县的气质在位于山顶的谷相村尤其得到了浓墨重彩的体现。在这里，有很多有趣的具有反骨精神的爷叔。一个人的努力或许不为人知，但依然怀有牵系着富庶未来的温柔怀旧的梦想，只为造出一片阔叶橡树的森林，将坚守着的怀念交给下个时代的梦想森林。

在我工作间缝纫机前方正对着的那棵高大的榉树之下，有个小小的花坛。去年我偶然发现里面长着一棵已经50厘米高的橡树苗木！顿时惊讶得鸡皮疙瘩骤起，呆立良久动弹不得。晴一先生去世已经四年了，橡树在我毫无察觉的情况下默默地长大。我的眼前走马灯般闪过一个个画面，想起在过去某天的下午茶时间，晴一先生确实在花坛中栽下了橡树幼苗。

人的寿命有限，而橡树还会活上数百年。晴一先生的梦想变成了橡树，一定会由我以及后世继续养护下去。并且，人的工作，也会像种子中蕴含的关于土地的记忆一样，一直延续编织下去。

手工缝制贴身小衫

布制月经带

贴着
皮肤穿
倍感
舒适.
旨在
做出让
肌肤感觉
清爽的
有触感
的衣服.
皮肤
被称为
第二个
大脑!
美丽的
东西,
皮肤
可以
感受到!

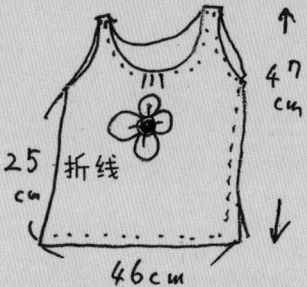

25 cm 折线 ↑ 47 cm ↓

46cm

18 cm 折线

10 cm

6cm 6cm 18cm 做成口袋, 塞入其中使用. 10cm

子母扣

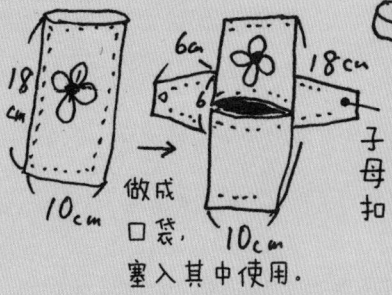

手工缝制印度内裤

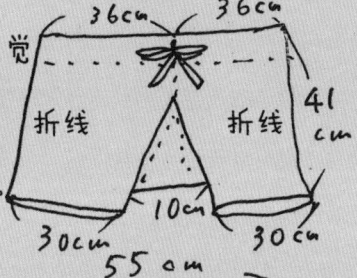

36cm 36cm

折线 折线 41 cm

30cm 10cm 30cm

55 cm

1.5cm

37 cm

25 cm

贴身内裤的
制作方法

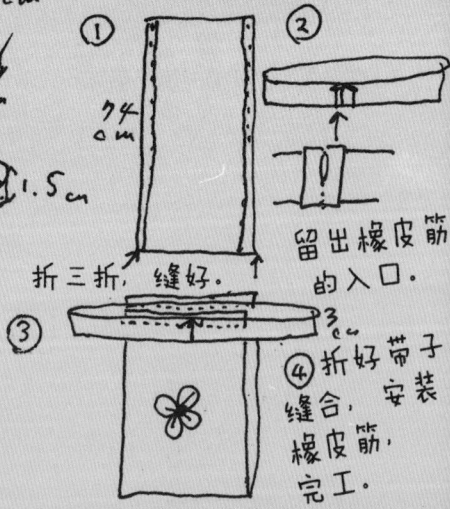

① 74 cm 折三折, 缝好.

② 留出橡皮筋的入口.

③

④ 3cm 折好带子缝合, 安装橡皮筋, 完工.

音乐《绿洲的火花》
by 离组

火前 窑室1 窑室2

火口

完成！
↑

衣服的自给自足

① 像揉面包的面团那样搓揉黏土，排出空气。

② 团成一团，拇指在正中挖一个洞。

③ 我把这叫作手辘轳。

在手掌上边转边捏薄。

④ 烘干。

⑤ 用氧化铁红画上图案。

⑥ 入窑低温素烧。

⑦ 普平给素烧器物化妆，上釉药（灰釉等）。

⑧ 回窑烧制，用高温将釉药融化。

接接触
衣裤以及
接碰触的

动人心魂的美丽手作

立冬时节播种豌豆

———————————

　　究竟什么是美？这是身为手作者的哲平与我生活中的一大课题。我做衣服，哲平做器物，都渴望做出能够打动人心的美妙佳作来。在我们的日常里，生活就是工作，工作即生活。我们把衣服或者器物当作艺术来制作，并在各地的艺廊展出。如果我们的作品能够成为现今社会的希望和榜样，何其幸哉。

　　为向哲平拜师学习陶艺而特意来到这里的田田，在找到房子之前，一直借住在我家。田田患有过敏性皮炎，由于玄米饭和蔬菜素食对她比较适合，我家也开始跟着吃起斋肉、面筋、豆腐皮和豆腐了。将一种叫卡穆卡穆锅[1]的砂锅放入平和铝高压锅中焖煮玄米饭。大概一个小时，煮出的饭柔软香甜。托玄米的福，不仅是田田，我们大家的身体状况都好过从前。玄米饭整肠通便，使人生命力旺盛，为我们的身体补充能量。

————————————————————————————————————

[1]卡穆卡穆锅（カムカム鍋），一种陶制的高压锅内胆。

选择食物要选择那些对我们身体有益并且安全的有机食物。而像选择食物一样，我也开始注意贴身穿的衣服。特别是女性的内衣，市面所售的几乎都是用化学纤维布料制成的。化学纤维是由石油制成，结果就像身体肌肤完全被石油制品包裹。所以为了健康，要去播种、耕田、种树。这种触摸泥土，触摸叶片，更加接近自然的生活可以磨砺你的感受力，身体也自然而然地对于好的物品具有分辨能力。

美的东西也应该是对身体有益的东西！这就是我的结论。选取自然的素材做衣服。特别是直接接触身体皮肤的衣服。当身体被柔软蓬松的有机棉的双层纱布、真丝二重包裹，有种即将慢慢融化的幸福感充溢身心。一针一线地用手缝制吧。这样你就会懂得自己的身体是世界上独一无二、无可替代、值得珍惜的生命。

我的
农家饭
わたしの爛ごはん

秋冬菜单

农田里收获的食物朴素又美味，其调料的选择也非常重要。尽量使用天然盐（庆和海盐）、砂糖等有机产品吧。

材料

●皮

高筋面粉、食盐、热水、补面

●馅料

猪五花肉、卷心菜（或者白菜）、韭菜、大葱、生姜、酱油、酒、味淋、食盐、胡椒、鱼露、芝麻油

●蘸料

芝麻油、酱油、醋、芝麻

做饺子皮

① 高筋面粉中加入溶有食盐的热水，和面

② 揉成面团，盖上湿布放置 3 个小时。

③ 搓成细长蛇状后分切小块，揉圆，在撒了面粉的砧板上用擀面杖擀薄。

做饺子馅

① 将猪五花肉剁成肉糜。卷心菜、韭菜、大葱切碎。卷心菜撒盐攥去水分。生姜擦成泥。

② 所有材料放在一起，加酱油、酒、味淋、盐、胡椒、鱼露、芝麻油，充分搅拌均匀。包进饺子皮。蔬菜和肉的比例为 2：1。

材料

鸡骨、鸡架、生姜、干香菇、鸡肉、米饭、胡萝卜、菠菜、
腌萝卜、鸡蛋、橘子皮、酒、酱油、味淋、砂糖、食盐、胡椒

前日准备

① 锅中加水、鸡骨、鸡架、生姜，（不盖锅盖）熬煮清鸡汤。
② 水发干香菇。

做法

① 用鸡汤煮鸡肉。煮好的鸡肉用叉子戳散，加盐和胡椒调味。

② 胡萝卜切丝焯熟。菠菜焯烫之后切成 4 厘米长的段。腌萝卜切丝。

③ 香菇切薄片，加酒、酱油、味淋、砂糖与发香菇的水一起煮至入味。

④ 做蛋皮丝。

⑤ 滤出清鸡汤，加酒、酱油、盐、胡椒调味。

⑥ 白米饭盛在碗中，将色彩各异的蔬菜码放米饭上。橘子皮切碎放在正中。吃之前浇上清鸡汤。

煎饺

① 平底锅加热。

② 锅中注入白芝麻油，将饺子排列锅中。

③ 待饺子底面开始泛金黄色，浇入热水并盖上锅盖焖煎。

④ 水汽蒸干之后掀开锅盖，加白芝麻油，转大火煎制。

水饺

① 用大锅将清水烧开。

② 下饺子，煮至饺子全部浮起，3 分钟之后捞出。

炸饺

油加热之后下饺子，炸至馅熟皮脆。

炸蒟蒻排和高野豆腐排

材料

蒟蒻、高野豆腐、鲣鱼高汤（酱油、酒、味淋、食盐）、鸡蛋、小麦粉 、面包屑、食盐、胡椒、食用油

准备工作

●炸蒟蒻排　　① 蒟蒻用盐揉搓。　　② 清水烧开，焯烫蒟蒻。

③ 切成 1 厘米厚的片，细细划些刀痕使味道容易渗进。

●炸高野豆腐排　　① 热水发高野豆腐。

② 将一块发好的高野豆腐切成薄片之后再对切一下。

做法

① 将蒟蒻、高野豆腐用高汤煮制。蒟蒻再加酱油和盐煮至味浓。

② 蒟蒻、高野豆腐撒上胡椒粉。

③ 沾裹小麦粉、鸡蛋液、面包屑为炸衣。裹小麦粉时，要使两面充分包裹。下锅炸至酥脆金黄。

制作蒟蒻

材料

蒟蒻薯块各 500 克、热水 1000 毫升、灰汁 220 毫升

灰汁的制作方法

灰 300 克、清水 900 克

① 找一口不要的锅，放入灰与水，煮一个小时。见水量减少便酌情添水。

② 放置一晚之后用布过滤，取茶褐色的上清液留用。

蒟蒻的制作方法

① 一块蒟蒻薯切成三块，上高压锅蒸。锅阀开始转动时，再蒸 5 分钟关火。

② 剥去蒟蒻皮，将蒸好的薯块和 1000 毫升热水分 3 次用粉碎机打碎。加少量薯皮。

③ 移至锅中，加灰汁，快速搅拌 10 分钟（搅至凝固成形）。

④ 用泡过水的碗捞出，用湿润的手团成团。

⑤ 放到热水里，煮一个小时。牢固之后过凉水。

材料

芋头、豆乳、月桂叶、食盐、胡椒、黄油、香芹

做法

① 蒸熟芋头，剥皮。

② 将芋头和豆乳一起放进粉碎机搅拌粉碎。

③ 倒入锅中，加月桂叶，小火边搅边煮。

④ 加盐和胡椒粉、黄油（先加盐汤会凝固，所以要最后加盐）。

⑤ 撒上切碎的香芹。

芋头浓汤

大雪时节雪花常飞，冬意更浓。流传在能登一带的向种子神供奉食物、请神入浴的『飨祭』便是在此时进行。

开始晒薯干做薯类食品。柴炉也在这个时节点燃。

冬至 [十二月二十二日前后]

冬至是一年当中白昼最短夜晚最长的一天。冬天即增魂之季，顾名思义，增魂是指灵魂在看不见的土地中逐渐增加。生灵之魂正在萌动。

泡柚子澡；吃南瓜和冬瓜，从体内温暖全身。一年中最后一次的祭拜山神活动。

小寒 [一月五日前后]

小寒，寒冷开始一点一点加剧。进入『寒』季。从这一天开始一直到『节分』，都属于『寒』季。这个季节的谷相村日渐清寒。绿雉首次鸣叫。文旦正当季。

吃春七草粥；农田的土壤上冻，进入休耕期，制订来年的种植计划。

大寒 [一月二十日前后]

大寒，是一年当中严寒至深的时节。处在『寒』季的正中，也是开始向春天迈进的季节。

从中国西藏飞来的候鸟北红尾鸲来到庭院。高知县的青眼鱼鱼干正当季。

采收金橘。菠菜开始扒地生长，菜根香甜。

152

播种人的工作日历

冬

立冬 [十一月七日前后]

立冬是开始感觉到冬日气息的时候。朔风吹起，树叶飘零，日历上的冬天开始起步。茶树花开。

做柿子饼；栽种洋葱苗；播种豌豆等待春天采收。

小雪 [十一月二十二日前后]

小雪是天气渐冷，小雪飞舞着宣告冬天正式到来的时节。山中鹿鸣呦呦。

大雪 [十二月七日前后]

祭拜山神；采挖蒟蒻薯，做蒟蒻团。

金刀比罗
开

大元神社
开

三宝神

祈愿工作
顺利。做
东西其实和
拜神一样都
是祈祷的工
作。和土地
一起祈祷。
和布一起祈
祷。祈祷的
日常。

烧窑便当的菜谱

三种饭团

• 芝麻紫苏
• 梅子柴鱼花
• 山药泥
• 鲑鱼

炸面筋·炸豆麸

煎蛋卷
（鸡蛋是我家和弥惠家自产）
菠菜茼蒿拌豆腐

其谱在

《播种人的厨房》中有介绍！

火前室

第一窑

从投柴口开烧

按钮

从侧面烧

山神
观音菩萨

开 天滝
开

地藏菩萨

烧窑一开始点火，
就要连续烧三天。
在向火神的祷告中烧窑。

第二室

由土而生的烧陶。从远古时代起，我们人类就用泥土制作碗盆。
烧制陶器是原始风格的工作。
火是神灵，天气、风力、薪柴，各种要素组合在一起，共同烧成一窑好器物。

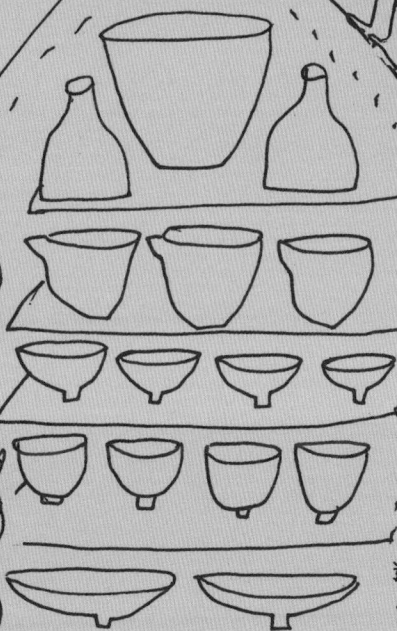

这是向土地神与火神祈祷的时刻。

开始烧窑，是在太阳升起之前，谷相村的景色极美。群青色的谷相村，太阳升起之前的瞬间视野曚胧。
拂晓的谷相村有着不可言说的绝美，只让人感觉自然是神灵，山岳是神灵。

从侧面烧（第二室）

♫ 音乐《Pascals》
by kintoun ♫

祭拜山神烧柴窑

立冬之前种下洋葱苗

在谷相村，也迎来了一年一度的祭拜山神的季节。在木托盘当中摆上各种食物，与神酒一起，搬到山上，在神官主持完祭拜活动之后，大家共同分享。年糕是汇集大家从家里带来的黏米，蒸熟，打成糕糜做成年糕团。虽然负责准备的执事工作很辛苦，但是撒年糕活动可真开心，大家跑来跑去抢年糕。我来到谷相村已经16年了，经过16年的仔细观察，发现大家都在瞅准时机去捡。捡起某人摔倒之后掉在地上的年糕；跟老爷爷同时抓到年糕砰地撞到一起，互相看着对方笑倒在地。这些瞬间让身体和内心都变得暖洋洋的。

而在家中，我丈夫哲平总是在这一时期烧窑。哲平以烧制器物为生，一年当中要有几次点燃柴窑。我们总是会在装窑和烧窑之间去祭拜山神，但是今年烧窑时来帮忙的人很多，我应接不暇无法抽身去拜山神，心里颇为不安。来到谷相村之后，还是第一次没有去祭拜山神。

今年3·11日本地震之后，海啸带来的灾害和福岛核电站事故一直让我心神不宁，做什么都难以投入，内心不安无处寄托。每当这时，我总会下意识地拿起活计，开始穿针引线、缝缝补补，心无旁骛。当我意识到一针一线的工作似乎也是祈祷，一下子就找回了自己。对哲平来说，转动辘轳就是他的祈祷。唱歌的人，也许放开歌喉就是祈祷。动笔写作就是写作人的祈祷。每天做饭也是祈祷。我突然觉得，即使未能去山神面前亲自祭拜，但2011年是在飞针走线以及播种之中一直不停从心底祈祷的一年。

衣

半毛袜

上半身穿得单薄，
下半身穿得暖。

真丝
分趾袜

毛
短

不要让
衣服紧裹
身体。选用
天然素材
的宽松
款式。

穿宽松的
衣服，让身
体和衣服
之间
可以
有充足
的空气。
化学纤
维制品
对肌肤
有害。

陶制汤婆

毛线
短裤
＋
毛线腹围

绢纺护腿
＋
毛线护腿

↑
袜子叠穿

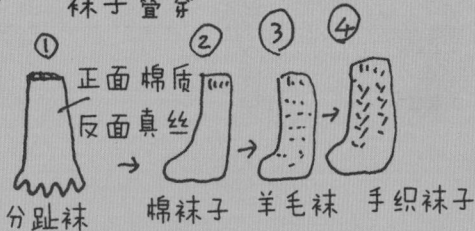

① 正面棉质
反面真丝
→
分趾袜

② 棉袜子

③ 羊毛袜

④ 手织袜子

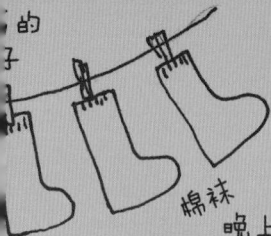

棉袜

毛线腹围

绢纺护腿

康法住
BC

住

优哉游哉每一天

睡觉时被窝里的幸福。汤婆子

晚上把脚焐得暖暖的，就会睡得很香。睡觉可以祛寒。

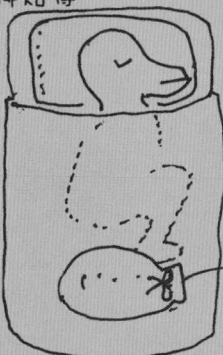

汤婆子

在浴盆中泡半身浴

在37℃～38℃的热水中慢慢泡上20分钟～30分钟（从胸部往下）。

我的泡澡时间就是读书时间。

洗完澡之后穿衣服，先从袜子穿起。

物

胡萝卜

萝卜 薯米

莲藕

海藻・蘑菇

品 :: 味噌 酒糟 腌菜
纳豆 酸奶

未经加工成精米的糙米

食＝冷。吃到八分饱。

吃热食。

身体感觉不适时，我总是会泡个长长的热水浴。

寒是万病之源。
体寒导致血瘀气滞。

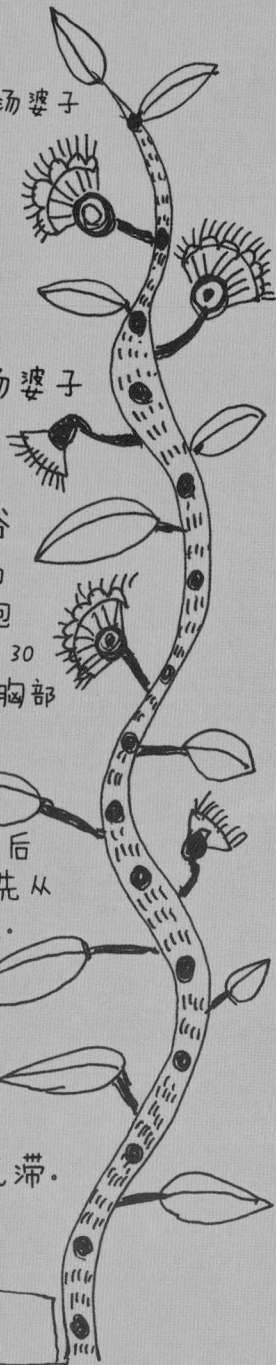

音乐《不必勉强》
by UUjin（种植者的意思）

用祛寒健康法温暖度日

小雪时节收集落叶做堆肥

谷相村的 2 月是一年当中最冷的月份。看着梯田覆雪一片银白，我会想起樵夫晴一先生拿起猎枪，出门去打猎的往事。他像个孩子般告诉我们说，当白雪覆盖大地，可以发现平时罕见的野兔以及狸子、鼬鼠、獾等小兽的足迹。是真的吗？下雪的日子我出去走，果然看到一个个可爱的小脚印连绵不绝。雪中的梯田也是那么美，在梯田的背景中，我的眼前总是浮现出晴一先生的面容。那个脸颊红扑扑、气喘吁吁的晴一先生，在严寒天气中一心一意地追踪野兽，忘记了寒冷。我想，忘我地使身体活动起来是最好的祛寒方式。晴一先生已驾鹤西去，而晴一的太太弥惠送给我她手织的毛袜子，是用晴一先生的旧毛衣拆下来的线织成的蓝色袜子。弥惠亲手编织了很多毛线袜送给谷相村的村民们当礼物。她看到我热衷于祛寒健康法，便让我看看她穿的袜子，并特意为我织了很多毛线袜。可是用晴一先生的毛衣织成的毛线袜我怎么也不舍得穿，我将它们和我最喜欢的有关晴一先生的回忆一起，当作护身符珍藏在箱子里。

祛寒健康法，是进藤义晴医生提倡的健康法。温暖足部以及下半身，就可以提高我们人类的自然治愈力。据说人体的体温提高 1℃，免疫力就可以提高 10% ~ 20%。

祛寒健康法①：首先，最基本的就是袜子的叠穿。真丝的分趾袜、棉袜、羊毛袜、手织的毛线袜子。穿上五六层之后再套上绢纺护腿。天气寒冷的日子，再穿上真丝秋裤和手织的护腿。还有羊驼毛的手织腹围和裤子。

祛寒健康法②：半身浴。泡澡水泡到腰部，在温水中泡 30 分钟左右，泡到出汗。发汗的诀窍是口含冷水，漱口刺激下颌。带上清水和杂志，在浴室慢慢泡澡慢慢阅读。

祛寒健康法③：最重要的并非只是身体外部的保暖，还要从身体内部温暖起来。不吃生冷的食物和饮料，尽量吃温热的食物，这也是很重要的。多吃生姜、大葱、莲藕、牛蒡、萝卜、胡萝卜、韭菜、薤头。要常备吊好的高汤，可以随时吃到米饭和味噌汤。吃到八分饱也很重要。

身体舒服了，心情也温暖舒适。身体和内心一脉相连。这种行之有效的好方法不断地传播和扩散，现在，我很高兴看到在我的周围，像弥惠那样用毛线袜子把足部暖暖地保护起来抵御严寒的人越来越多了。

板状土偶
公元前3000年左右

小土偶

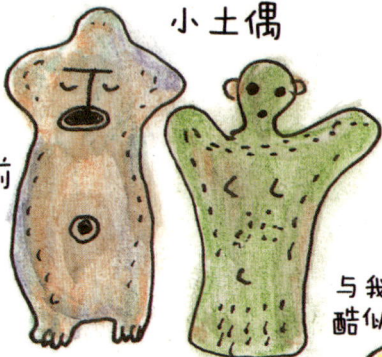

与我长相酷似的泰国佛像

音乐《检索少年》七尾 by 旅人

公元前2100年左右 人像土偶

缅甸的神

葛神舍术神象内艺之

由眼镜王蛇守护的水神那伽

老挝的无耳佛像

印度

印度

遮光器土偶
公元前
1000年左右

板状
土偶
公元前
1300年左右

与哲平长相酷似的缅甸的佛像

老挝佛像

泰国佛像

我最珍爱的

小小佛像

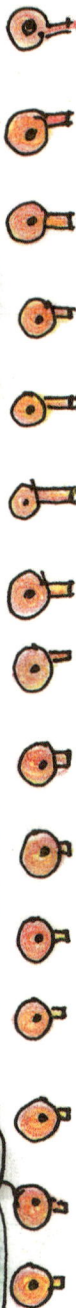

小佛像，小小土偶，祈祷之心

冬寒渐深晒薯干

遇到山神庙我一定会合掌祈祷，它令我内心清澈心绪舒展。在田地或者路上如果看见有小小的神社，我也会不自觉地双手合十。

我原本就喜欢玲珑小巧的佛像，比如泰国、缅甸、老挝的小小佛像。家中也摆着木头削制的小佛像。孩子去环游亚洲，我每天在家中祈祷他们平安。每当我自己出门旅行，都会用手缝布包上小佛像，放进旅行包里带着一起出门。

在泰国曼谷的寺庙里、尼泊尔加德满都的庙宇中、不丹廷布以及缅甸仰光的寺院内，每当我看到自己喜爱的佛像，总是感觉自己处于佛像的注视之下。那一瞬，时间仿佛静止，内心充满喜悦。特别是缅甸的佛像，都有着一副温柔含笑的面容。虽说是男性佛像，却抿着嘴唇笑意盈盈，体态纤弱有致，妩媚动人。

还有，我也非常喜欢小小的土偶，土偶也是有灵性的精灵一般的存在。可爱的土偶们。

前些天，在滋贺县的美秀美术馆（Miho Museum），我参观了绳文时代的土偶展。它们有的长着雕鸮的面孔，有的戴着护目镜一样的眼镜，还有像孕妇一样的土偶。洋溢着超越自然的生命力，非常奇妙。一想到日本民族也和非洲原住民、澳大利亚土著、波利尼西亚人一样拥有古老的根基，就热血沸腾起来。绳文人捕猎鹿、野猪和熊来食用的时候，土偶也许就是隐藏着精灵的狩猎民族的护身符。

在原始社会，看不见的世界和看得见的世界融为一体。看着这些土偶，能够感受到绳文人在两个世界之间自由穿梭的生活情境。

小小佛像是男人，小小土偶是女人，两种都是祈愿的寄托。如果祈愿丰饶，那就和谷相村的秋祭活动是一样的。大自然的严峻和变幻莫测的世间万物，让祈祷变得非常必要。在每个人的心中，都需要一座小小佛像或是一只小小土偶。在不丹，人们不是祈祷自己的幸福，而是祈祷大家的幸福。"世界不幸福，个人的幸福将不复存在。"宫泽贤治这番话语响彻心扉。为他人祈祷的样子，是无论在绳文时代还是在当今都不曾改变过的佛像和土偶的样子。

打扫烟囱

柴炉

♪ 音乐
《360°》
by Asa

生火的快乐

取暖方式各不相同

位于高知县佐川町
的田中浴盆制作
公司所制作
的烧柴
木澡盆

灭火罐

点火器

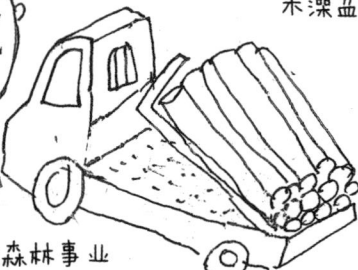

七轮炉

请森林事业
组织用卡车运来松树和
阔叶树的原木。

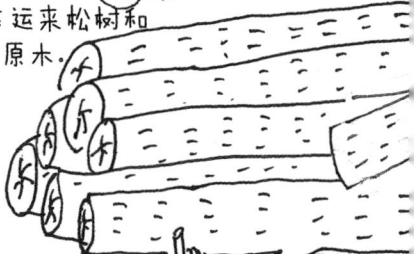

用粉笔每隔40厘米
一记

木柴堆放在一起晒干。

木柴储备

铁壶

火钵是
哲平的烧制
火筷子 作品。

火钵

平灰球

炉架子

用天然能源生活吧

木炭是下本
一步的。

烧柴的澡盆

炉灰也要珍惜，
收集炉灰，
用于釉药、
田里的肥
料，还
可以用来
做灰汁、
做蒟蒻团
以及用于
清扫清洁。

用电锯切开

锯木砍柴的劳动让人身体暖乎乎的。

生火的快乐，与薪柴一起过温暖生活

大雪时节燃起柴炉

　　试试烧柴生火的生活吧。冬天里，与木柴共度的温暖日子是快乐的。在谷相村，每天下午三点之后，烧洗澡水的轻烟就会袅袅升起。看着四处升起的烟雾，心里会感到富足。在一天即将结束之时，能够泡在用柴火烧热的澡盆里放松身体，多么令人惬意。泡澡是无与伦比的幸福时光。与此同时，木柴的香气也在村中飘荡。偶尔在雨天不想烧柴而烧了灯油，孩子们就会抱怨洗澡水"不够热啊"。用柴火烧出来的洗澡水，暖身的方式也与众不同，它可以让身体从内到外暖起来。

　　柴炉也是生火的快乐之一。晚上，家人围坐在柴炉四周。炉子上正在咕嘟咕嘟地炖着香气扑鼻的鸡汤或者煮豆子。柴火炖煮出来的食物又软又香，和厨房中的燃气火力煮出来的味道是不一样的。

　　火钵同样是令人开心的热源。家里用的是哲平烧制的火钵。火钵用木炭做燃料。铁壶整天都放在火钵上烧着水，水开之后灌进保温壶里。据说，如果全日本的家庭都停用电暖壶的话，大概可以节约3座核电站的能源。木柴是自然能源，这种贴近自然的古老的生活方式令人愉悦。用火钵烧出来的热水泡茶，你可以品出不同的味道。明明是同样的茶叶，却变得更加可口。七轮炉则是炭火料理中必不可少的用具。泰国菜当中的烤鸡，用七轮炉烤起来香酥美味。而祭拜山神的时候一定会生起篝火，用小树枝和落叶生火，被烘暖的身体同时被草木焚烧的香气包裹。

望着柴火，心灵犹如冥想一般陷入沉静，回归真实的自我。可以体会到借助火安定下来的生活对人类来说是多么必需。最初的火，一定也给人类生活带来了安心的感受。

烧火，最后可以得到柴灰。柴灰可是好东西。除了可以撒到田里或者果园，还可以成为哲平烧陶的灰釉。煮成灰汁以后，能够代替厨房清洁剂使用，并且还可以用于染布和制作蒟蒻团。我用这灰汁做了蒟蒻，把弥惠家的蒟蒻薯块用高压锅焖出来之后，和温水一起放进搅拌机，充分粉碎搅拌，再加入灰汁使其凝固。这样做出来的蒟蒻团特别好吃。

大树，为我们人类提供树荫庇护，提供木柴温暖，赠予我们可以食用的果实，最后还将灰烬也奉献给我们。感谢树木毫无浪费并循环往复的慷慨馈赠。

二十四节气

使用月亮历法.

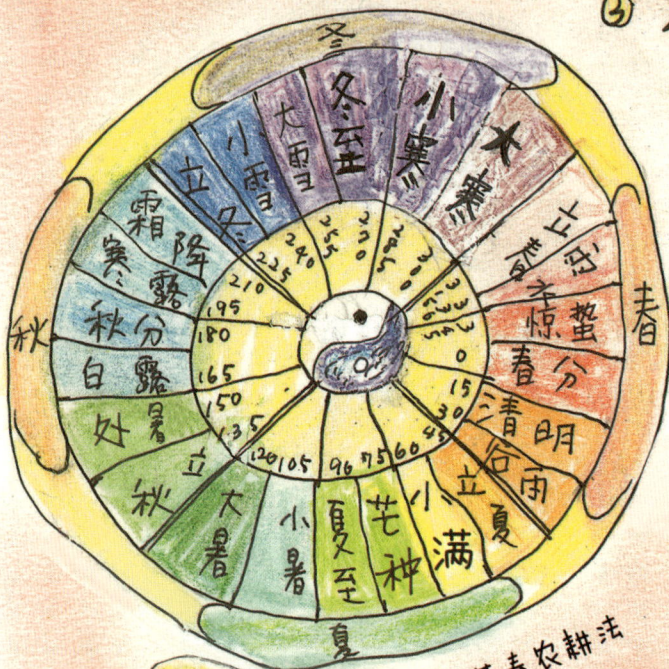

◎ 新月

树液向根部移动

满月时播种

月亮节奏农耕法

三日月

上弦月

与生命生命节奏

萝卜 芜菁
马铃薯
根茎类蔬菜

新月时播种

菠菜　小松菜　生菜
叶菜类蔬菜

♪ 音乐《口袋里》
by BO GUMBOS ♪

和月亮一起散步

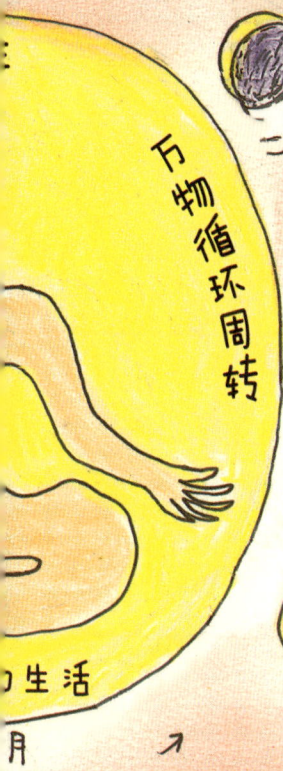

音乐《露娜之舞》by 友部正人

满月

日周期

立冬

神无月 霜月 师走 立春

长月

叶月

文月

睦月

如月

弥生

立秋

水无月 皋月 卯月 立夏

万物循环周转

二十六夜

满月时采收根菜可以长期保存。

叶菜类在满月到新月之间采收。

下弦月

十八夜

果实在新月（渐缺的月亮）时采收。

的生活

月

NO NUKE

生活与月亮相伴，身体与月亮相连

满月时播种

我试着与月亮一起生活。在满月的日子做做月光浴，在月光的沐浴下散步，会感觉真气从丹田涌出。满月时漫步在深灰色的谷相村，月光亮得可以看见影子，心中抑制不住地快乐。总是开心地期盼月盈之日，每天都会确认月亮的形状。刚住下的时候，我曾经担任过祭拜山神活动的执事。大家都说祭祀日那天是"旧的5日"。我一时无法理解，只好拿了日历去向英男先生请教，这才发现我们的日历是不一样的。谷相人都看着旧历（月亮历法）说日期，所以总是对应不上。

如今我们生活中使用的日历都是太阳历或称新历。旧历则是根据月亮的盈亏规律制定的历法。我马上买来旧历的挂历本，要像谷相人一样生活。按照旧历来看，2013年的正月新年应该是2月4日新月之日。那天，天气温暖祥和，是正值梅花开放、绣眼鸟鸣的初春时节，让人觉得旧历的新年才是跟季节时序最贴合的新年。另外，谷相人的播种期的农事安排，也是根据月亮历法来进行的。

据说满月时播种为好，柔和的月光会帮助种子催芽。最适合播种的时期是雨后的满月时，而采收则在满月到新月之间。柑橘类的果树剪枝在新月时为好。我听到这些才明白，农田工作是需要月亮历法的。

想起我分娩那天也是满月日的涨潮时刻。我的妇科医生朋友告诉我说，因为月亮的引力引起海水的潮汐，所以人类的生育也与月亮的盈亏有着很大的关系。也就是说，月亮的盈亏与自然的节奏相呼应。旧历是以月亮的一个盈亏周期为一个单位月，月亮绕着地球旋转一周的单位日数与女性的生理周期也相吻合。

听说满月时吸收，新月时释放。确实，我在浴盆里泡半身浴，新月时总是会比满月时出的汗要多。还有，迎向满月的日子总是会想做东西，而迎向新月的日子就会想做清洁。月亮，与我们人类身体里的某处秘密连接着。我们的身体才是自然本身。与月亮一起记住自然的节奏吧。与月亮相伴生活，回归到大自然中去。是的，月亮是与子宫此呼彼应的生命力，自然界的所有事物都与之息息相关。

藏族人的服装

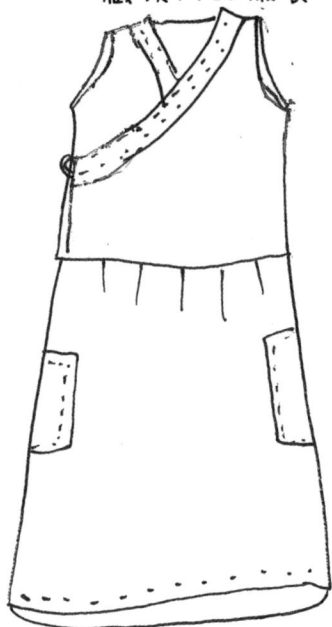

月 音乐《BAA
by 原田郁
&Tamu

笑容颜开的藏族

藏式长袍

后片　左前片　右前片

↑ 聚褶缝成裙子

领口

领口

想去拉萨

藏族面条

 嘎乌盒
佛像挂坠

 念珠串

糌粑
炒面

馍馍饺子

酥油茶

藏式烤饼

系蝴蝶结
前后即可。

藏式半身裙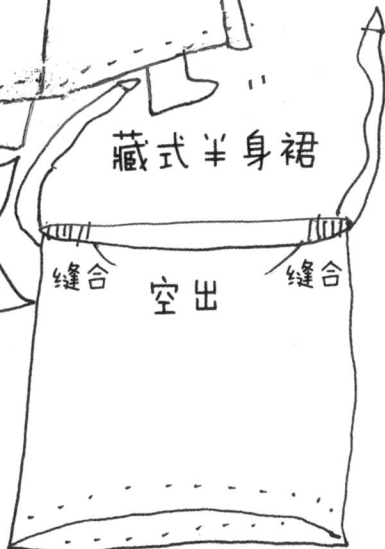

缝合　空出　缝合

梦中策马游西藏

冬至日泡柚子浴，食南瓜

2016 年 4 月，北京的失物招领（Lost and Found）举办了哲平和我的双人联展——"有土有布"。而拙作《耕食生活》和《造物的日常》也先后在中国出版发行。在此期间，为筹备展会以及出席新书的出版纪念见面会，我曾多次前往北京和上海，不知为何，每次都会令我心中充溢着不可名状的怀旧情绪。

2017 年，通过 SNS（社交网站），我在网络上公开招募新弟子，收到了年轻人真挚热烈的邮件回应。他们在邮件中表示读过我的作品，希望能够拜师门下，与我们共同生活和学习。就这样，10 月时龚翊，11 月时梁瀚云，12 月时高燕先后来到了我的家中。从她们的眼眸里，我看到了如今日本的年轻人所不具备的热忱。她们的气质清新淳朴，眼中闪耀着渴学的光芒。

小龚是一位温柔体贴的姑娘。此前，抱着做哲平弟子的愿望来此学徒的横山君，最终放弃了志向，返回京都。横山君做事慢吞吞的，过于拖沓，但是对他的一切，小龚却表现出了极大的理解和包容。我曾提到想去西藏旅行，有一天小龚告诉我说，她做了个骑马旅行的梦，梦里有横山君，有我，还有她自己。

听到那番话的那天晚上，入睡时，我试着想象了一下自己骑着骏马，行走在旅途中的画面。在画面里，我和小龚一起，策马驰骋在辽阔的草原上。对面的山体整个被冰雪覆盖，一派银装素裹的圣洁景象。啊，原来世上还有这样的地方，恍惚之中，我似有所悟。在梦里，骑在马背上的我突然感悟到了小龚的世界观：包容和谅解一切，接受世间万物本来的样子。

日本人在冬至时要吃南瓜，听说中国人在冬至那天有吃饺子的习惯。在日本，荠菜是七草之一，只有在煮七草粥的时候才会用到。可是听说在中国，荠菜是经常食用的蔬菜。是的，无论是七草粥还是二十四节气，都是从中国传入日本的。

旧历5月5日端午节，日本人会吃竹叶包裹的糯米粽子，听说在中国也是一样。在我们日本的文化根系之中，和汉字一起从中国传来的东西不知凡几，对此，我又有了一层更加真切的认识。

今后，我决定将来自中国的所有事物都称为"中国学长"。小龚、高燕和瀚云虽说是来到这里学习，但实际上，有很多东西我都应该向她们请教才对。

在中国，我看到除了自己的书，还有很多日本的书被翻译成中文，摆在书店出售。此外，几个年轻人还跟我聊起她们看过的日本电影，《你的名字》《小森林》《西方魔女之死》等。如今，中国的年轻一代正即时分享着日本文化。于我而言，超越国别，与中国人共同生活的日子是快乐的。也许，正是我身体里天生的源自古老中华的遗传因子，让我对北京和上海产生了挥之不去的怀旧感念之情。

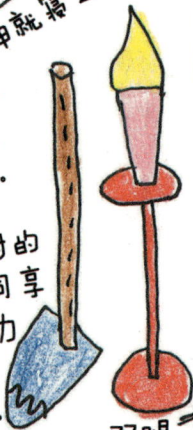

种子之神

晚上要点起
灯火照亮
夜路.

②

仿佛看见灵一样
做出的动作,"道
可以神的背负我
路泥泞,让我来背
您吧."

食祭

双陆 锄头

甜酒

酒

"请洗去一年
来田里的泥土和汗水吧"

栗木长筷子

④ "洗净.
后背让我帮您"

"让您受冻了.
请暖和一下身子吧."

鲐鱼

①

种子神，种子市

小寒时节制作全年播种地图

在石川县的能登一带，流传着一种供奉农田神，种子神的祭祀活动——飨祭。在 12 月 5 日的傍晚，身穿和服正装的一家之主，要将看不见的田神背到家中，行为动作完全像是能够看见神灵一样，口中不停提醒着"请留心脚下"。田神是种子的化身，传说是被稻穗刺伤了眼睛而导致目不能视。那天，家人需全体出迎，首先牵着神灵之手引领到沐浴处，一边留意着"水温还可以吗？热不热？凉不凉？请慢慢泡"，一边为神灵擦洗后背。接下来要请到席上，将备好的菜肴贡品一一介绍，请神灵食用。最后引领到就寝的床铺——草编种子袋那里，请田神冬天期间在此歇息。一直歇息到天气转暖（第二年的 2 月 9 日），神灵才回到田里。是的，飨祭就是这样一种温暖人心的种子祭祀活动。

在谷相村，一年当中也有多次祭拜山神的活动。到了春天，山神下山，成为田神。到了冬天再变成山神回到山里。供奉给神灵的祭品，都是有着特别生命力的食物，所以村民们会一起分享。在谷相村，相互扶助的小型集体至今尚存，而被称作"头屋"的家庭则负责做执事守护一年当中8次山神祭拜活动。

在东京，有现代的种子庙会活动，于冬天开办种子集市。此前曾经邀请与种子有关联的采种人岩崎先生[1]和野口先生，召开恳谈会。这次又召开了有田口兰迪、丹治史彦和我共同参加的恳谈会。很多想要原生品种、固定品种的蔬菜水果的种子的年轻人出现在会场。最近，东京的年轻人似乎开始对种子产生兴趣。在远离大自然的都市中，怀有危机感的人终于开始意识到，人类离开土地将无法生存。

在3·11日本地震之后，向往归农隐居过田园生活的年轻人增多了。因为无论在什么时代，只要有种子和土地就会有种安心感。祭拜种子神的飨祭，也是向种子精灵的祈祷。在现代人的心中，向精灵祈祷，种子罐必不可少。种子罐原本是传给下一代的生命粮食之本，装入种子，代代相传。种子罐是送给未来的礼物，每个人在心里都应该有一个种子罐。因为我们知道，人类也会像种子一样，最终归于尘土。

---

[1] 岩崎政利先生，著有《岩崎家的采种家庭菜园》。

183

♪《透明人》
by RAKITA ♪

开山神

家

水源

开大瀧八幡神

卍 地藏菩萨

"头屋"执事主持
祭拜神灵

大元神社

恒夫

哲平

白米一升

双居年糕

阿竹

阿明

点心

带根的蔬菜

带眼睛的鱼

弥惠

"愿《播种人的手绘日记》顺利完成。"

奉大南大元神社

持的
祭祀

入野神官

宪秀

神社总代表

定男

黑米一升

御神酒口

水果

英男

"今年主事多关"
"请多人照."

"愿米曲制作成功."

后藤博士
副村长

今年担任谷相村祭神执事

编结绳索做注连绳挂饰

谷相村的祭神活动历史久远，代代相传。祭拜可见和虽不可见却非常重要的神灵。村民们信奉不可见的力量并祈祷。连接不同世界的不可见的神灵，会化身为山、岩、石、水，无所不在。自从开始参加山神的祭拜，我也开始感觉到神灵的存在。在12月举行的村民集会上，我们小组被定为执事。

12月28日，梯田被白雪覆盖，一片银装素裹，我们清扫了大元神社的院内，擦拭了神社本殿和祭祀台以及地面，在这三处装饰上注连绳以及门松，还在神道两侧立起了旗帜。在地藏菩萨庙和天滝八幡神神社也做了同样的工作。参加清扫的人不多，非常辛苦，但是不知为何做起来神清气爽。我家和恒夫家都是夫妇二人共同参加，其他还有阿竹、阿明以及弥惠。山神的清洁由高男夫妇负责。

2014年年神祭拜活动开始了。新年元旦的早晨8点40分，开始在大元神社准备。将和纸折成三角形铺在供盘中，再放上供品。供品按照定例有清酒一升、黑米一升、白米一升、带眼睛的鱼（晒干的青眼鱼）、水果、带根的蔬菜（萝卜、胡萝卜、菠菜）、双层年糕、海苔、海带、点心。

一切准备就绪之后，三名神社总代表、副村长以及各位执事也各自就位。按顺序传递杨桐枝，对着神龛方向敬献，再施以"二拜二拍一拜"之礼。然后面向神龛后退而下，不得以后背向神。轮到我时，在将杨桐枝献上那一刻，突然一阵风吹来，一股神秘的气息凉凉地拂过面颊，我立刻感觉身体正中的丹田处充满元气。为了家人的幸福和现在手中书稿的顺利完成，我合掌祈祷。一时之间，大殿之中各种祈祷就像鸾鸟一样，在村民们的头上呈旋涡状盘旋升起，继而直冲云霄。

谷相村的祭神执事轮流担当，必有其缘故。神灵自古以来就是山、岩、石、水等自然界之物。通过执事，可以让人体会到对森罗万象的大自然的敬畏之心与祈祷之情交织重叠在一起的心境。在科学文明发达的当代社会，能够置身于自远古而来的传统之中，与大家齐心合力共同主事，我感到发自内心的快乐。

米曲的制作方法　白米2kg

白米洗净，在清水中浸泡
20个小时左右，
沥干水分放置2小时。

摊开
撒上

新曲美味噌的制作方法

大豆（谷粗大豆）
　　　　　　8kg
米曲　　　16kg
盐　　　　5kg
煮汁　10l左右
成品45kg～50kg

甜酒
醪糟

做味噌 ↑

↑ 放入冰箱

← 十天完成。

每天搅拌！

咸米曲

米曲　300克
盐　　100克
清水　2杯

从保温开始
48个小时之后，
完成制作。

~109

个小时（强火）．

盆当中，晾凉 至人体温度35℃～40℃，

纸箱具有透气性，可保持30℃左右的温度，箱中放入三个煤球暖宝。

♪《泥鳅小调》♪ by 西尾贤

放入纸箱中保温．15小时之后，翻松米饭，继续保温．

用毯子包裹保温（不要超过45℃）．如果有水分溢出，就打开袋口让空气进入．

可闻到米曲的甜香．

制作米曲

立春时节做米曲，做味噌

村里从古至今一直有口口相传的习惯。像是山神传递的消息或民间传说一样，有关野猪山鹿的解剖，有关梯田垒石壁，有关水田旱田的劳作以及家中有亲人过世故无法参加祭祀庆典活动等消息，都会在村中集会上交流。而另一方面，村中的家庭中传承下来的手艺，却渐渐减少了，米曲就是其中之一。

12月时，一个参加了针线手缝体验活动的女孩子沙也加（22岁），从京都来到高知县，到我家里来做客。沙也加在参加体验活动时，像抱着宝贝一样抱着个包袱。她说正要将发酵米曲带回埼玉老家，当时我就觉得这个女孩子很有意思，对她很感兴趣。我时常会遇到这种不必特意学习，就对自然规律了然于心的年轻人。人类初始本就不是靠大脑去分析，野生的感知方式，应该是人类身体中自带的功能。

这一次，她抱着米曲来到我家。于是，就决定一起试着制作米曲。采用的是向谷相村的西村富士子学习的米曲制作方法。据说过去在村子里，家家都会做米曲。蒸好米饭，撒上米曲霉，保温整整三天。做出来的米曲有很多种用途，如果用它做味噌，味道特别好。

白色的米曲霉一点点增多的样子，跟森林中枯叶上的土著菌一样。发酵中的菌类因为极微小所以肉眼看不到，但是可以感觉到。味噌、腌萝卜、米糠腌菜、豆乳、酸奶等，都是由于菌类的繁殖而变得美味多滋。这种感觉，就像森林中那些看不到的东西给我的感觉一样，让我身心震颤。

在森林中，唰唰唰、沙沙沙，除了动物、植物以及昆虫之外，还有枯叶当中的微生物也在活跃着。曾经，绳文人和未开化的原始人都相信森林中的精灵。当你生活在山顶上，真的会突然感觉到精灵的存在。倾听穿过山谷的风声、树叶摩擦的声响、野草摇摆的动静，感受你周围这些超出自然且更加庞大的物质的存在，这时你会意识到自己生活在大自然的近旁，却错过了许多。

绳文人以及澳大利亚土著、亚诺玛米人等未开化的原始族群，生活在精灵栖息的森林之中，传递着原始而野生的思考。来到这个村子，我也一点点地体会到了野生的感觉方式。如果不继承八九十岁老一辈村民的智慧，野生的思考就会消失。在这广袤的自然界里，从每天播种耕田的感知中一点点提炼、汲取，慢慢织就生活，而这样的日子仿佛在宣告，恢复野性思考的时代正在向我们走来，向着3·11日本地震之后，正处于科学技术文明的弯路上的我们走来。

栗子
栗子
日本蜜蜂的蜂箱
橘子
柿子
文旦
茶

李子
布朗果
花梨
小小果园
梅子
茶
梅子
梅子
梅子

枇杷
茶
柚子
香檬
茶

Love me农场

哲平和
我的
工作间

杏树

不丹农场

芋头

萝卜

树莓

黑加仑

桃子

橘子

胡桃

蓝莓

蓝莓

柠檬

蓝莓

浴室

月音乐
《你的
狗狗》
by 烟管
乐队

主屋

杏树

橄榄树

为栟郎爸爸盖房子① 生命的循环骨碌骨碌

栟郎爸爸喜欢的萝卜花开了

种在房子四周的野生蜂斗菜春叶款摆，摇曳生姿。看见蜂斗菜，就想吃栟郎爸爸教我煮的蜂斗菜。用水焯烫一下，用淡口的高汤煮出来，吃一口就能立刻感觉到春天。比买来的蜂斗菜要软，略带苦味，是早春时节令人欣喜的野味。小时候，祖父会把烤好的蜂斗菜放进味噌汤里，告诉我这叫作"春的告示"。食物就像这样，由长辈传给晚辈，再代代相传下去。

那是栟郎爸爸为了来看哲平的柴窑而到家里来做客时的事情。我听到正在装窑的哲平突然大喊："哎呀不好了！由美快来！快来铺个被子！"我慌慌张张地跑出去，只见哲平正背着栟郎爸爸。栟郎爸爸的腿已经站不住了。当时叫了救护车送往医院，才知是脑梗死，现在还遗留着轻微的麻痹。我对栟郎爸爸说："等爸爸可以走路了，我们就去泰国旅行吧。"结果，爸爸真的可以走了。

于是，我带着栟郎爸爸去了泰国的素可泰府，去看那里的陶瓷。素可泰府有很多古老而小巧、像是陪葬品一样的陶瓷物件，我和栟郎爸爸都被深深地吸引了。从那以后，栟郎爸爸也开始制作一些小小的烧陶器物。我给他送去团好的黏土，他会捏成小佛像或者青蛙再送回来。哲平将这些小东西一并放进柴窑中烧制。生活就是创作，创作就是生活。栟郎爸爸这种无论多大年纪都不放弃手艺的匠人精神，深深地打动了我的心。

为了能让栟郎爸爸经常来谷相村，我们决定盖一栋小房子给他。因为他过着轮椅生活，所以建的是无障碍房屋。我们与 MU 设计室的西内夫妇进行了商谈，要使厨房和小屋之间可以坐着轮椅自由通行，经过了多次讨论，栟郎爸爸的带浴室和卫生间的小屋图纸终于完成了。地点就定在主屋与工作间之间的那块空地。我们现在这一代，以核心家庭的形式为主，可是慢慢地，我开始感觉到大家庭的快乐。能够与长大成人的孩子一起生活，并从中体会到生命的联结，一定是因为在播种耕田的日常生活之中，看到了生命的循环。

anonima studio

枏郎手作
小野枏郎

Rutles

枏郎先生

手作的温度枏郎

已在台湾出版

枏郎爸爸的书

我爱的画

金线草素描

枏郎爸爸

我　枏郎

枏郎爸爸经过冒险治疗可以稍微走动之后，我带着他一起出去旅行。我们去了泰国和印度尼西亚。手牵着手非常快乐。不要觉得我辛苦，我反而觉得自己获益良多。

稻稻

鳄鱼玩具

画五叶黄连的枏郎爸爸在牧野植物园举行了野花素描展

为孩子们制作的木制

祷告陶偶

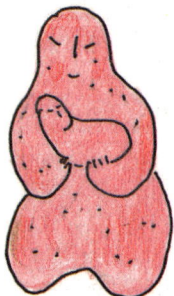

田中木匠制作

木质缠线板

栖郎爸爸

我

吃饭时间，栖郎爸爸来到厨房和大家共同用餐。3点的下午茶就在栖郎爸爸的小屋里享用。据说周围多些年轻人对健康有益。

真帆

栖郎爸爸和我都喜欢刀具。他送我菜刀和砍刀。

哲平

理惠

王屋 厨房

阿田

襄平

田田

阿鲷

栖郎爸爸也非常爱稻稻和阿田。

NO NUKES

哲平和我结婚时，栖郎爸爸做了木鸭作为贺礼。

《爱的孩子》
by原田郁子

勺子

铲子

筷子

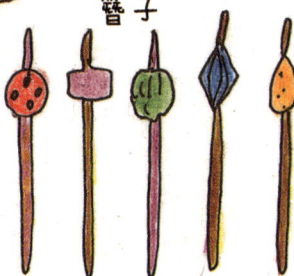

为栉郎爸爸盖房子② 栉郎爸爸的谷相村生活开始了！

春分时节种果树

栉郎爸爸的小屋，建造花了一年的时间。木匠田中宪明负责的房屋框架终于成型后，细节部分我请好朋友、家猫设计的芝美绪子担当。在大家的齐心合力之下，这栋泥土气息浓郁的乡村小屋终于完工了。没有人住的小屋有段时间很空寂。可是自从2月1日栉郎爸爸来到谷相村，灯光一亮，小屋突然开始变得生机盎然。土建小屋完全就像是有生命的个体。由此，栉郎爸爸的谷相村生活终于实现了。

刚好此前见到田口兰迪先生，提到了栉郎爸爸的事情，他说："由美曾经体验过生产，可是看护照料的体验也是非常重要的呀。"正在犹豫不决的我，仿佛后背被推了一把，决心坚定起来。

过着手艺人的生活，如何老去，如何被看顾也是我们即将面临的问题。我和哲平下定决心要好好照顾栉郎爸爸。我送给哲平一本书《像我的人》^[1]，写的是平川先生照顾父亲的故事。因为我觉得，看顾生

---

[1]《像我的人》：平川克美著，日本医学书院出版。

命不只是女人的事情，男人也应该参与其中。这个国家，总是把经济看得比生命重要，结果才变成现在这样。与想吃到什么样的食物、想吸到什么样的空气一样，我们向往的社会究竟是什么样子的呢？（我觉得必须要在生存的过程中去寻找答案，并衷心希望能够在寻找到的理想社会的方向上点上一盏灯。）

因为耕田种地需要各种帮手，我现在也像普通的农民一样开始体会到大家族的好。这是因为我成了谷相村的弟子，谷相村教我过上不只是消费，还有耕种和制作的生活。我开始了解到家庭的意义，不是成为消费的场所，而应该成为生产的场所。本来家庭就是生命诞生之地。生于家庭，回归家庭。通过农耕工作，我明白了与人共处，孕育与看顾是理所当然的。人类本源之地是家庭，是和家人一起的生活，人类因此得以如同种子一般不停繁衍、不断持续。

羊驼毛线短裤

手织护腿

绢纺护腿

袜子叠穿和半身浴

　　坚持了 20 年的祛寒健康法，似乎已经成了我的生活习惯。我的健康多亏
了祛寒健康法的功劳，所以我想向大家推荐这种健康法。袜子叠穿和泡半身浴
可以使你感觉身体暖暖的，非常舒服。最初是读了一位名叫进藤义晴的医生所
写的《祛寒治百病》一书开始进行的。袜子叠穿是指将真丝分趾袜，羊毛分趾
袜，真丝、棉、羊毛、毛线手织袜共 6 层袜子全部穿上。真丝的吸湿性能极佳，
保暖并具有排毒作用。腰部以下的下半身暖和了，可以提高免疫力。我喜欢用
汤婆子祛寒。冬天的汤婆子生活，暖意融融，是被窝里的幸福。

陶制由美
汤婆子

陶制的汤婆子保暖性能极好，可以一直暖到早上。我用自己非常喜欢的法兰绒给它做了外套，每晚都灌入用柴炉烧出的开水。因为它，钻被窝这件事变得快乐可期，它的温度适宜，令人愉悦。

旅行用
汤婆子

在旅行住宿时，有时脚会
冷得难以入睡。我不习惯
空调的暖气，所以喜欢用
这个小小的旅行汤婆子，
是冬天时在冲绳买的，它
是我的旅行良伴。被窝暖
和了，心里也就踏实了。

暖身姜

脚是人体第二个心脏。血流不畅就会感觉到冷，血流也是气息的流动。时刻记住要保持头寒足热。脚和下半身除了注意外部保暖，还要通过每天的饮食从内部暖起来。可以暖身的食物有未经加工的谷物、牛蒡、萝卜、芜菁、胡萝卜、莲藕、番薯、芋头等根菜类蔬菜以及生姜、大蒜、韭菜、大葱、葛粉等食材。

吃应季的田间蔬菜。每天的餐食当中必不可少的就是以高汤做底，加入时令蔬菜和裙带菜的味噌汤。

高知县出产柑橘类水果。每天都要吃一些柚子、佛手柑、酸橘、青柠、香檬等身体必需的水果。其中产于冲绳和高知县的香檬，其维生素C的含量是柠檬的3.5倍之多，可降血压，消除炎症。

豆乳茶

热饮

饮用那些可以从内部将身体温热起来的饮品。

材料

红茶、清水、豆乳、生姜、肉桂、豆蔻、红糖

做法

1. 锅中加清水和红茶、生姜、肉桂、豆蔻煮制。

2. 加入豆乳，用红糖调味。

姜汁香檬蜂蜜水

材料

清水、生姜、蜂蜜、香檬、砂糖、热水

做法

1. 锅中加清水、生姜片和砂糖煮成姜糖浆。

2. 杯中放入一汤勺姜糖浆，榨两个新鲜香檬加入，用热水稀释冲调，加蜂蜜调味。

时而旅行

巨大无比的猴面包树让人心生敬畏。在《小王子》中被描绘为可能会破坏星星的硕大的猴面包树，在马达加斯加岛被视为"宝树"。

苏亚雷

猴面包树的树龄可长达5000余年。树干高大粗壮，大概需要6个人手拉手才能围抱。马达加斯加岛的岛民们认为精灵栖于树中而把它们当作生命树来祈祷。抱着树干，你会感到温柔、暖和，觉得自己活在地球。

高达20ろ，

直径10ろ。

树干中空

猴面包树

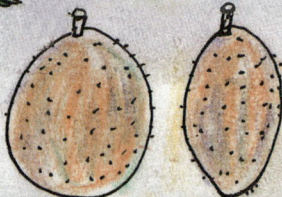

猴面包树的果实具有天鹅绒般的手感。将果肉溶在水中，就像酸奶一样。

装进篮筐

顶在头顶搬运

猴面包花蜜

猴面包树有三种，
苏亚雷
芬尼 →
博兹

像刷子一样的雄蕊

5片叶子

马达加斯加岛猴面包树的种子

牛起到耕耘机和输运牛的作用。

马达加斯加岛的猴面包树

巨大的猴面包树中可以储水10吨

博兹

在猴面包树街道，我们遇见了播种猴面包树的人。据说拇指般粗细的树也长了有十年。树皮作为草药在市场上有售。树皮纤维可以搓成绳索。果实富含维生素和钙质，可以做成饮品。

一匹牛车

猴面包树皮绳

种下心灵之树：猴面包树之旅

清明时节为莲藕分苗

如今，我的内心依托在植物上。植物虽不能言，却能够让我感受到安慰和守护。我的心灵之树有三种。一是芭蕉树。我从德岛的造纸家中村功先生那里讨来了 30 厘米长的芭蕉树苗，将它们分枝种在从工作间和主屋的窗户可以看到的地方。其次是榉树。园艺师秀树帮我种在了院子里。在每天的照料下，现在已经长大了 3 倍。第三就是猴面包树。从儿时起，就梦想着有一天能够亲眼看到猴面包树。猴面包树出现在圣埃克苏佩里的《小王子》中："猴面包树在长大之前，开始也是小小的哟！""真正重要的东西，用眼睛是看不见的。"这些句子我都非常喜欢。

第一次非洲之行让我见到了很多以前从未见过的植物。从马达加斯加首都塔那那利佛乘坐小型直升机，飞抵南部的穆龙达瓦。在距城中 15 千米的地方，有一条猴面包树大道。那里的猴面包树粗壮巨大，具有令人震撼的生命力和存在感，即使远远眺望也令人感觉高大无比。猴面包树树龄一般可长达 5000 余年，神圣古老的风貌充满悠然宽厚的格调。我把手放在一棵树龄 700 年的树上，立刻感觉到猴面包树的气场以及强大的生命力，它们很快地进入到我的身体里，在体内柔和地回响。

猴面包树大道上来来往往的农民的身姿，也深深打动了我。在猴面包树下，他们以家族为单位每天耕田种地。一天的劳作结束之后，他们会到围绕在水田边的小河中洗澡，然后回到位于猴面包树大道上由椰子树树叶苫顶的朴素的小屋中，烧柴煮饭共进晚餐，这种简单质朴的农民生活让我为之心动。傍晚的猴面包树大道被夕阳染红之时，与汽车比起来，街上来往更多的是牛车，它们载着稻米、木炭、稻草以及家人，开开心心地走在回家的路上。猴面包树在它漫长的生命里，亘古不变地守护着人类。

据说猴面包树中栖息着人眼所看不到的精灵，是神灵之树。对人类来说，自古以来它们就是心灵的支撑，是祈祷之树。我们为换取方便文化而丢失了的东西，也许就是存在于我们周围的与植物相呼应的力量以及与植物之间的连接。以植物为代表的大自然，接纳着我们的全部。"我们可以的"这种自我肯定，赋予了我们更强的生命力。种树吧，种下成为我们精神寄托的精灵之树、祈祷之树、心灵之树。

经幡

每当经幡被风吹动，就等于将经文向上天诵读了一遍。为死去的家人，

为生病的家人祈祷的经幡随处可见。

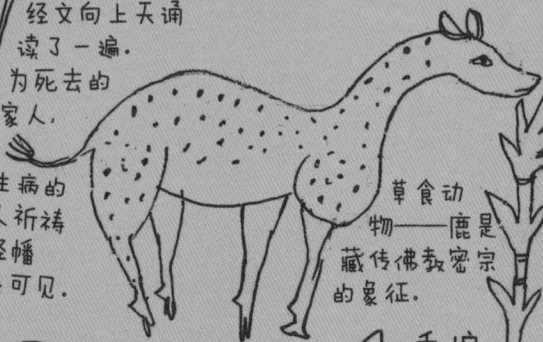

草食动物——鹿是藏传佛教密宗的象征。

香炉

男人进入宗殿（寺庙或政府）时，在果外面必须披上披肩。

家家户户的院子里都会有一座，每天清晨点燃香木，气味芬芳。

听说我想要披肩，导游吉米说："我有两条披肩，送您一条吧。反正平时我只用一条就够了。"披肩是丝质的手纺面料。这件事让我对"欲望"产生了思考。

披肩 < (kabney)

果 → (Gho)

几拉 (kira')

带红头饰的驴子走在最前面

可爱的驴子，身上挂满了装饰。

土地神保佑村民的幸福 →

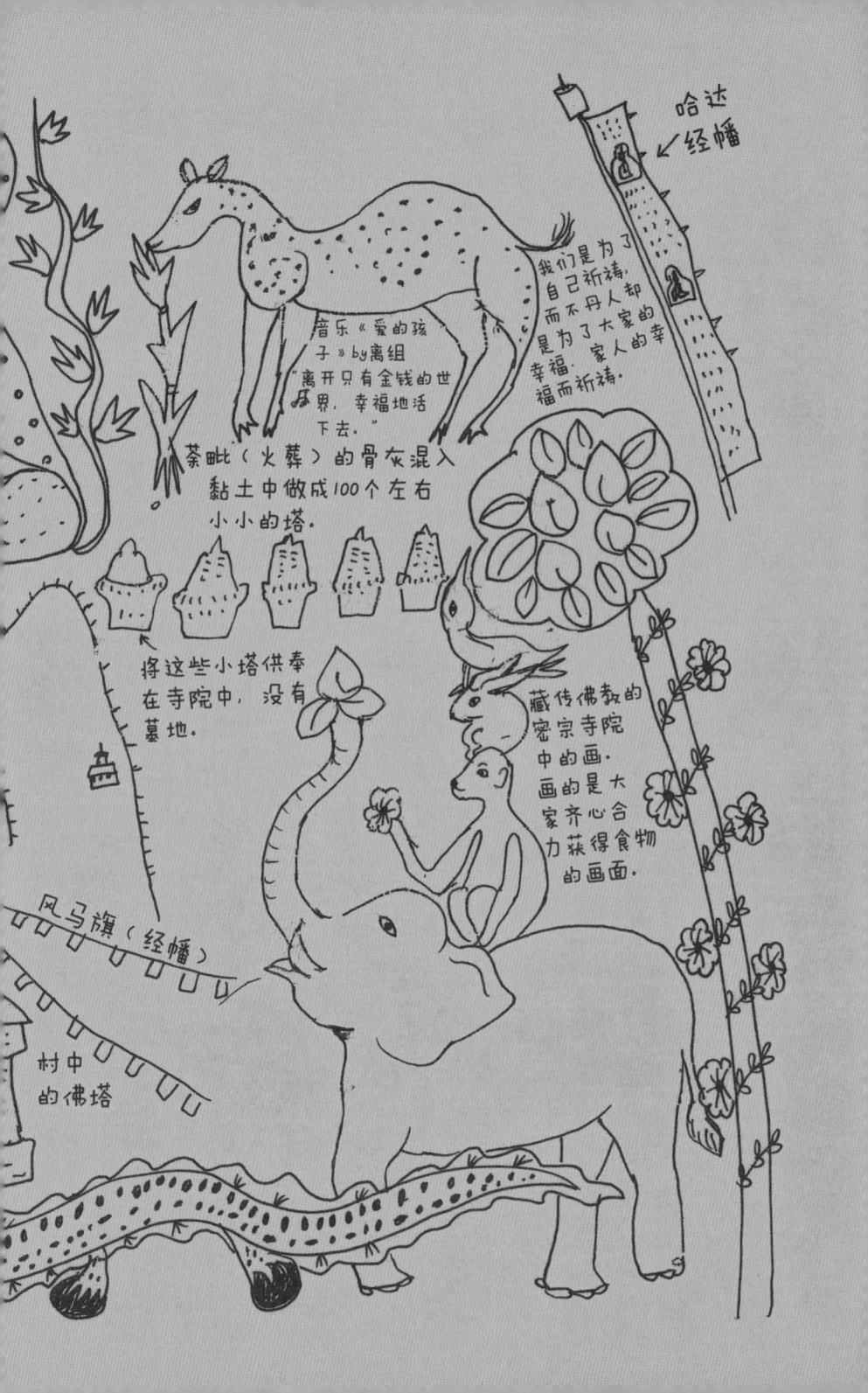

哈达
←经幡

音乐《爱的孩子》by离组
"离开只有金钱的世界，幸福地活下去。"

茶毗（火葬）的骨灰混入黏土中做成100个左右小小的塔。

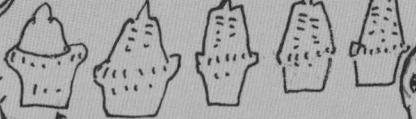

我们是为了自己祈祷而不为人却是为了大家的幸福，家人的幸福而祈祷。

将这些小塔供奉在寺院中，没有墓地。

藏传佛教的密宗寺院中的画，画的是大家齐心合力获得食物的画面。

风马旗（经幡）

村中的佛塔

做针线、煮饭、耕种，时而旅行——不丹之旅

藤花开时播种秋葵

　　不丹，我向往的国度。飞机降落在坐落于山间的城市帕罗。在积翠叠绿的梯田美景中，我们乘车沿着蜿蜒曲折的山路向首都廷布方向行进。这是一个人口78万，面积只有九州大小的山之国度。不丹的家庭都是大家族。在宽敞的传统房舍中，人与牛、马、驴共同生活。农业生产以女人为主，食物自给自足，并且还有类似日本和服的传统服装，男人穿"果（Gho）"[1]，女人穿"几拉（Kira）"[2]。

　　不丹的经济以农业和观光以及小规模分散性水力发电[3]为主。其中水力发电量的90%销往印度以赚取收入。国民的医疗、教育全部免费，所以子女后代赡养老人没有经济方面的担心。与整天担心金钱的我们还有一点不同的是，这里信奉藏传佛教。家里有佛塔形状的焚香处，每天清晨祈祷。不是为了自己，而是为了大家而祈祷。信仰带来心灵的净化。

　　不丹将保障国民幸福作为治国方针。指的就是提高国民幸福指数（NHI），这使得将国内生产总值（GDP）的增长作为至上目标的日本

---

[1] 不丹男子的传统服装为斜开襟的半长外套，称为"果（Gho）"。
[2] 不丹女子的传统服装为紧身长袍，称为"几拉（Kira）"。
[3] 不需要大型的输电网线，在村落附近建造小规模水力发电所（300～1500千瓦），是将配电负担减少到最小的方法。

人惊诧不已。根据2005年的调查数据显示，不丹有95%的国民感到生活幸福。

3·11日本地震以后，我们日本国民才开始认识到金钱和经济增长并不是衡量幸福的标准。那么不丹人的幸福感和富庶感指的是什么呢？我试着向导游佩马和吉米提出疑问："如果你的朋友开着豪车，你不觉得也想拥有吗？"他们答："在佛教当中，不可有贪欲，所以我们没有这个欲望。"在不丹，这种禁欲的佛教教义，在家庭当中，在每个人身上都发生着影响吧。

满足于现在拥有的东西，是不丹人的想法。日本的生活则是物欲泛滥，流水一样地耗费电能，把经济增长放在第一位。我从3·11日本地震以后，开始寻找今后的生存道路，怎样生活才是幸福的？未来应该是什么样子的呢？为了保护自然环境而维护着60%森林面积覆盖率的不丹，与森林面积覆盖率84%的高知县非常相似。从不破坏环境，不乱砍滥伐，以可持续发展的经济为目标的农业国不丹的生存方式中，我们可以学到的一点是，对现有状况的满足感。发展小规模水力发电，在高知县制造电力销售给邻近县，提高高知县民众的幸福指数等——这是一个偏僻小国，教给我们的未来时代的生存方式。

音乐《天国》by离组

生长着很多南亚植物的冲绳

斋场御岳

河流

位于悬崖边的御岳

毗邻首里城的
玉陵中的骨灰
坛做工精美·
洗骨（拾骨葬）
之后装入坛中

苦瓜炒杂

木瓜丝炒蛋

小小香炉

海岛蕗头

凉拌红凤菜

（山羊汤）

蹲守屋檐的石狮子

羊汤

海菜汤

花生豆腐

海蛇汤

（半环扁尾海蛇）

线香

具有强大能量的自然崇拜之地．

三库理
可以望见久高岛

森林中的御岳

杂草般的
姑婆芋
（海芋）

艾草粥

冲绳面条
小边银食堂

饭食乃
生命之药．

炸冬仔鱼

冲绳菜饭

纸钱是冥界的货币．

美味的石垣辣油
边银食堂

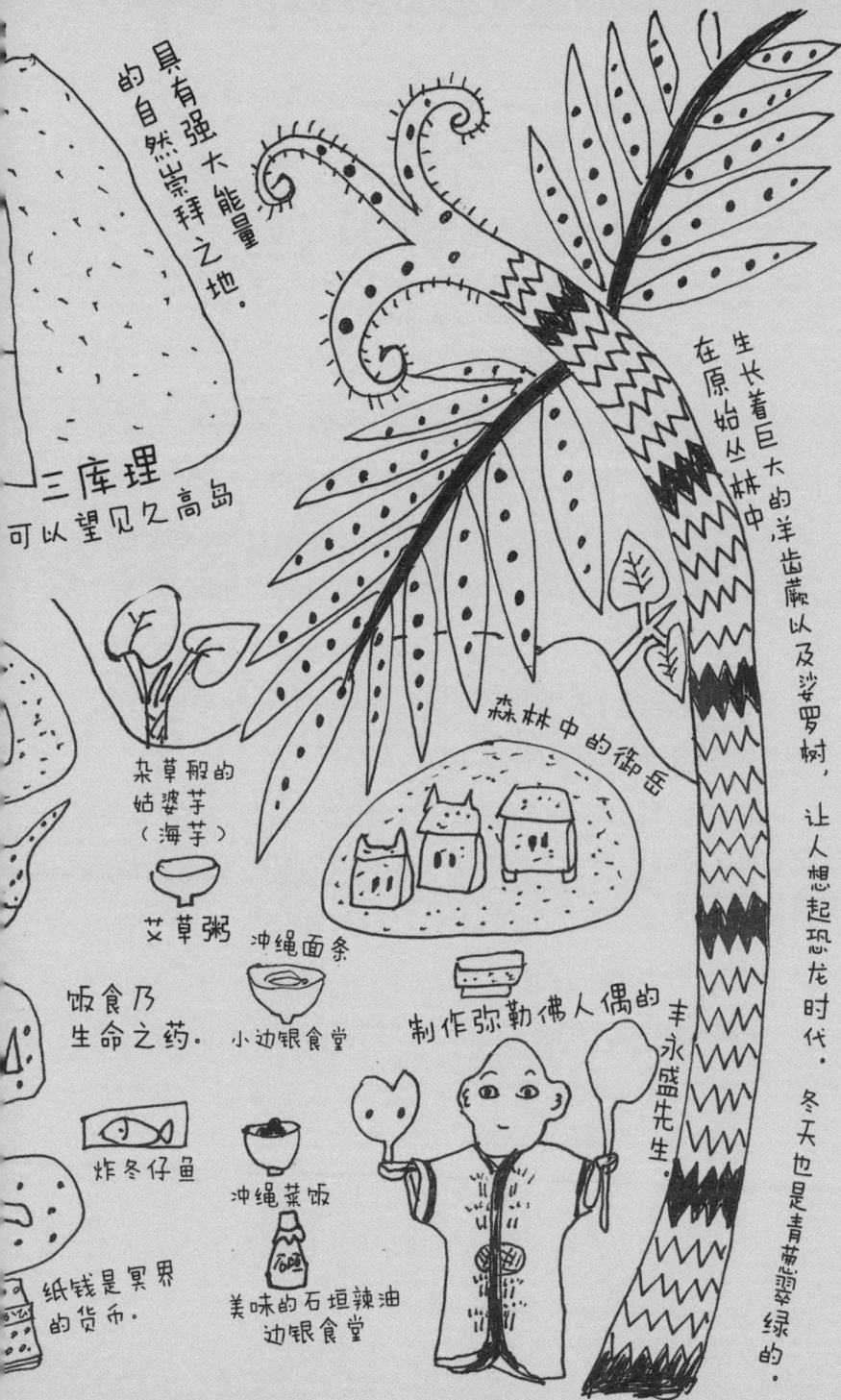

制作弥勒佛人偶的
丰永盛先生

在原始丛林中
生长着巨大的羊齿蕨以及沙罗树，让人想起恐龙时代．冬天也是青葱翠绿的．

冬天是增魂的季节：冲绳之旅

大寒恰是农闲时

第一次到冲绳旅行，拜访了最具冲绳特色的御岳，原始丛林般的森林、洞窟、岩石、山泉、河流。御岳是祭神之所，是神圣的朝拜之地。据说在古代，只有女人才可以进入御岳。冲绳以前的墓地都是做成子宫形状的。在清明祭祀时，家人亲属会齐聚在墓前用餐。人与人、人与自然之间的情谊浓厚而温暖。生者与逝者通过祭祀祈祷悄然连接。冲绳人就这样过着感怀祭拜精灵、纺织的生活。

而另一方面，驻日美军基地的 70% 都在冲绳。我们看到民众静坐在冲绳县厅门前，抗议政府就驻日美军普天间基地迁往边野古的环境评估报告（assessment）的提交。冲绳民众处在日本现存问题的最前沿，然而我们在冲绳遇到的人们却是那么地温和友善，将生存本身视若珍宝，充满挚爱。让人觉得仿佛有眼睛看不到的精灵的神力在守护着他们。在去往冲绳本岛南面的小岛——久高岛时，我遇到了一位在打扫小祠堂的女子。她对我说："女人会生育对不对？生育是与自然相连的，所以女人能够将来自大自然的语言传达给世间。你知道吗？久高岛的灵媒都是女人哦。现在的社会呀，已经听不进去来自大自然的告诫了，结果就变成现在这种不正常的样子。人哪，还是要听从自然才好。"

旅行结束后回到高知县山顶的谷相村，回到日常生活当中，每天做针线、煮饭烧菜、耕田种地的时候，一想到在同样的时间里冲绳人也在过着同样的生活，心里就充满了温暖。在我曾经旅行到访的冲绳，那里人们的祈愿，一定在我们的内心深处产生了共鸣，成了我的灵魂悦动之音。

冬天是增魂的季节。折口信夫在谈到冬字的语源时提到，冬天的意思即灵魂滋长。所以在寒冷的冬天，自古以来就有滋生灵魂的增魂祭典。愿使灵魂渐渐滋长充实，为大地补充能量，给人类带来幸福的神力充满我们周围。冲绳人将灵魂的故乡称为生命根源的栖息之地——彼界，现世与彼界紧密相连，休戚与共。在另一个世间，也许地球母亲就是自然本身。这样一想，一种踏实的感觉就会从内心升起，一直游走全身。

月 现居住于
台湾的
藏族女歌
手央金拉姆
的专辑
《花香飘
来时》月

大昭寺

五

布达拉宫

马

西藏拉萨之旅

最冷之时季为果树施寒肥

在去往拉萨的途中，与哲平事先取得联系的舟桥昌美女士到北京机场迎接，并带着我们参观了位于老城区的失物招领（Lost and Found）店铺。她是通过中国台湾版的译书知道我们的。当天晚上承蒙款待，品尝到了中华素食料理。在座的还有经营艺廊的人，看起来像是相交甚久的老朋友。其中有一位叫珊珊的人告诉我们说，去拉萨一定要去大昭寺看看。

第二天我们乘飞机到西宁，停留了一晚。从西宁开始坐火车，沿青藏铁路向拉萨进发。青藏铁路被誉为"天路"，因为铁路穿越的最高点海拔为 5072 米。穿越可可西里草原，到达拉萨，需要在列车上度过一晚。为了防止高原反应，车厢内像飞机机舱一样进行了气压调整。可是晚上起夜时，正好经过海拔 6839

米的唐古拉山，卫生间的窗户是开着的，我突然觉得呼吸困难。在卧铺的枕头边装有吸氧设备，吸着氧气，终于得以安睡。中午到达拉萨火车站。

藏族人的朝圣极其令人震撼。在大昭寺前面的广场上，在五体投地行大礼朝拜的老人中，也不乏年轻男女的身影。

鹿儿岛

栗生神社
的细叶榕

木艺工坊

土工坊

S艺廊

纸工坊

手作商店
Le Depot

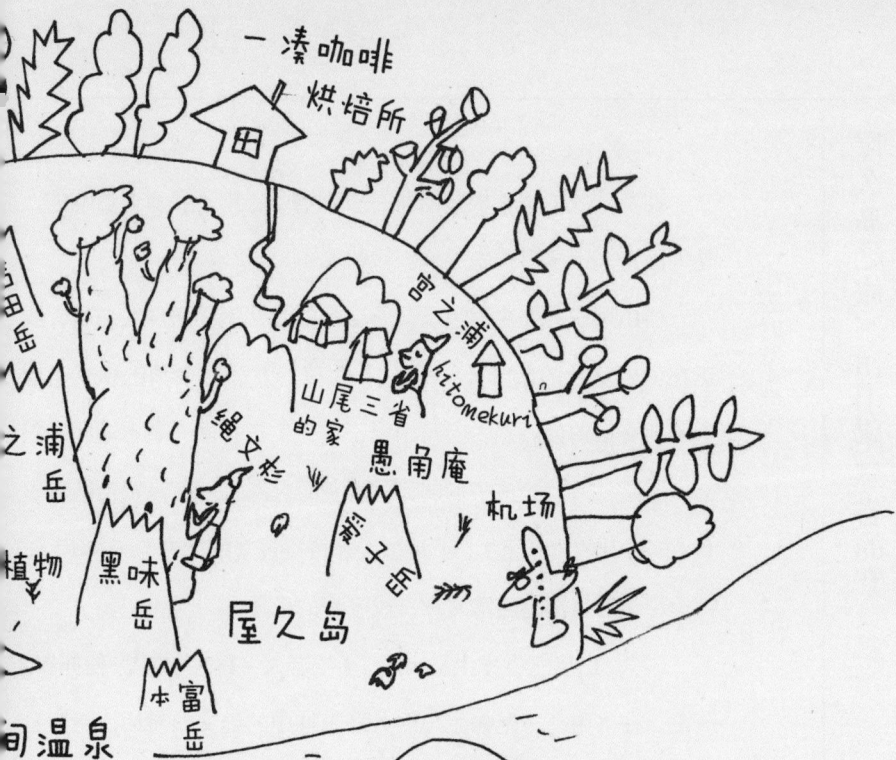

一凑咖啡

烘培所

田

呼之浦 《hitomekuri》

山尾三省 的家

愚角庵

机场

绳文杉

翔子岳

黑味岳

本富岳

屋久岛

之浦岳 植物

间温泉

相连相伴的生活

♪《苏得乐 小调》 by 星野源 ♪

荞麦面馆 凡太

布艺工坊

面包店 Pompi堂

在奠定我的感性根基的所有事物当中，给了我莫大影响的，是平民诗人山尾三省先生。

当山尾三省先生为追求自给自足的生活而移居屋久岛时，我正在为野草社的杂志《80年代》写稿，发表对全国的独立杂志上所刊文章的读后感。当时山尾三省先生正在同一杂志连载《狭窄的道路——写给孩子们的诗》《荒野之路——宫泽贤治随想》和《槟榔叶的帽子下》。于是每次等待寄过来的杂志《80年代》，拜读屋久岛生活的随笔文章，成了我的乐趣。

不久，山尾三省先生又出版了《圣老人－百姓·诗人·信仰者》一书。在书中，三尾先生与屋久岛森林中的绳文杉对话，将树看作睿智的老人而与之声气相通。"树虽不语，却让人不由得想去抚摸它，喝树上流下来的清水。"我被这些描述深深地迷住了。对现代文明产生忧惧而垦荒造田、种植果树，与深爱的家人一起过上真正自给自足的生活……从那时起，我就开始向往山尾三省先生的生活方式。

我也想成为耕种者，渴望生火烧柴的日子，想过触摸泥土的生活。于是在1998年，移居到了高知县。

进入20世纪90年代之后，山尾三省先生又出版了《回归月记》《岛上的日子》《桃花道》等书。在最爱的前妻顺子过世之后，他习惯每天清晨在祭坛前面，与亡妻的照片一起喝茶，情深意切，真挚感人。在1999年发表的《生活于此的快乐》一文中，他采挖螺贝和龟脚贝来吃，用"绳文冲动"一词，展现狩猎采集生活的原始风貌。我一直想找机会去屋久岛拜访这位在草木之间窥见神灵的山尾先生，最终却变成了一个无法完成的梦想。2001年，他在妻子春美和家人的守护中告别了人世。

前言略显冗长，就此打住。到了屋久岛机场，我们立刻被茂密的"绿色"包围。经丹治的介绍，我们结识了经营着一家咖啡烘焙所的高田美佳子夫妇。美佳子的父亲以前曾是"屋久岛守护会"的负责人，所以自幼时起就不乏家庭与家庭之间的沟通交流。在美佳子的车上聊着聊着，就到了位于白川山的山尾三省先生的家——愚角庵。

那里有非常小的书斋。书架上堆满了书、印度佛像以及树木的果实和石头。比想象中小许多的书斋和房屋以及农田，让我倍觉惊异。在感佩这才是真正以另一种文化，用自给自足的方法与物质文明社会相抗争的人的同时，我也在反省名义上追随其后，却越来越追求扩大的自己。将古民居搬移重建的这栋居所，窄小到让人觉得清贫。山尾三省先生尽管已经离世，但他曾经居住过的这栋小屋依然在对我的内心诉说着什么。是的，他的话语依然活在书中。山尾先生留下的著书，一定会像梭罗的《瓦尔登湖》一样，永远流传下去。在回去的路上，我们乘车环岛一周，为岛上原始森林的巨大而感到震撼。在泡了舒适惬意的温泉之后，品尝山尾三省先生喜欢的名为三岳的番薯烧酒，稳稳睡下。

立冬时节鸡孵蛋

虽然是小小的旅行，却贵如珍宝，在内心深处宛如水滴般，滴落下光彩熠熠的颗颗宝石。屋久岛和鹿儿岛之旅正是这样的旅行。

我们去了一直向往的鹿儿岛菖蒲学园。在京都造形艺术大学"细胞的记忆－表现的形式"展览会上第一次看到 nui project 的作品时，我受到极大的冲击。与其说它们是工艺，不如说是针与线的艺术之作。其中的表达与感性是完全自由的，所有的条条框框都被抛开。在展览会上，还播放了制作者们的录像。

如此高密度又功底扎实的缝制作品究竟是怎样做出来的呢？我也同样从事着针线工作，也很想了解诞生这些体现了制作者心声的自由开放却又纤细缜密的作品的缘由。

鹿儿岛的菖蒲学园，原本是智障者的援助保护设施。在巨大古老的树林当中，建有布衣工坊、木艺工坊、土工坊、纸工坊、绘画·造型工作室、农园、艺廊、手工艺品商店"Le Depot"、面包店"Pompi 堂"、意面咖啡馆"Otafuku"、荞麦面馆"凡太"等各种设施。空间开阔，除工坊以外，来访者尽可自由使用。

我们早上到得很早，大家都还在清扫园内。人们和善地笑着与我们打招呼。很快，副园长富森顺子女士带着我们去参观布艺工坊。每个人都在各自的工位上一针一线认真地缝制着。顺子告诉我们，自从鼓励制作者自由地去做自己想做的东西之后，大家创作的布与线的组合作品当中所呈现出来的趣味性就经常令她感到震惊。我认为这些成就很大程度归功于创意者顺子，可以说正是她对于美的鉴赏力成就了 nui project。

　　最后我们见到了园长福森伸先生。他提出："所谓正常人的社会，真的就那么健康正常吗？也许战争频发、出现核电事故的我们这些正常人的社会，才真的不对劲吧。"

　　我们如今生活在看不见出路的混沌的时代中。艺术在这片混沌当中，起到了指引我们未来方向，将人类引向智慧之路的作用。而指向哪个方向正是艺术家的工作。在这里，在菖蒲学园进行着的手作工作，通过将残疾人和身体健全者连成一体的艺术工作，像现代的原始宗教萨满教一样，为未来社会的发展提出提案。我们人类，应该每个人都可以像呼吸一样自由地表达，自然而然地进行艺术创作。

高知县的馈赠
离离咖啡

日本首家有机市场于2008年由
高知县发起，在池公园的
周六市场。

はなればなれ

高

はなれ
ばなれ

高知县的有机食物，
是以可持续发展的农业方式
种植出来的作物，健康美味。

下午2点.
上午时分.

♬ 音乐《永远与
一天的市场》
by CINEMA
dub MONKS
♬

在有机市场,
感受季节时序与自然循环
相连接的喜悦吧·购买也是生活方式的一种.

宝物
场

不是去超市,
而是去可以与生产者·种植者面对面的
有机市场去买菜, 让我们一起支持有机市场.

高知县的宝物——去有机市场逛一逛

谷雨时节种芋头和生姜

如今，在世界上兴起了将原生品种和固定品种带到未来的种子解放运动。据说在种子市场上，非常受欢迎的原生品种的种子售出了800 袋。种子是通往未来之物，想必即使生活在都市，也会有越来越多的人向往着拥有土地。高知县能不能也做出种子市场这样的成就呢？对了，在我们高知县有有机市场。

自从搬到高知县开始生活，我惊奇地发现除了周一，周日市场、良心市场等各种集市几乎每天都有。市场文化原本在人们的生活当中是活跃而牢固的地方特色。在美良布的良心市场，当看到大畠三敏、田岛丰太郎等谷相村的生产者的名字，我就倍觉亲切地立即买下。看得见生产者的购物生活变得理所当然，这是一种优秀的文化。

我最近经常下山去逛的是周六有机市场，每周六在高知县的池公园开市。每周都有能够开市的有机市场，高知县在全日本算是唯一。

它是 2008 年在弘濑纯子女士的呼吁和倡导之下形成的。在成立之初的意向书中，写有旨在进行农产品销售，通过种子的交换，保护原生品种，加强生产者与购买者之间的联系，寓教于卖，边学习边购买，从有机的角度来认识生活和社会等目标。在有机市场上，随处可见以高知县各地自古而来的方法培育的有机蔬菜和水果，滋味浓厚、食材丰富。应季采收、立等可取的食材，饱含着爱意与生命力。这些都是超市中见不到的食物。

我经常在离离咖啡购买贴有公平贸易（Fair trade）标签的咖啡豆，再慢悠悠享用一杯咖啡。吃着热气腾腾的豆腐棒和 Mukago 面包房的天然酵母面包。请刻屋工坊分给我无农药的生姜种子，帮我制作木头菜墩。经常拿来当作伴手礼的井上农园的枇杷蜂蜜中的枇杷种子的味道和芬芳令人沉醉。

购买、支付和选举活动一样，是对生产者以及商品的支持。将有机市场当作厨房，探寻新的农业生产的可能性吧。有机食物拥有着从厨房、从土地开始让社会变得健康的能力。因为无论生产者还是消费者，都是由健康厨房中的食物造就的。因为食物也是自然循环之一。

五叶黄连

"我是草木的精灵"

海芋

院里来野植的额

我家野的额

印度菩提树

《植物研究》杂志的

版面设计极富美感

主笔 牧野飯郎
植物研究雜誌

野牡丹

山樱
仙台屋

温室植物

采集

原FLC马达加斯加岛

2013年
牧野富辰
诞周

蘑菇舞

诞辰150周年
纪念邮票
（店铺有售）

露兜树上面
是其他植物

野路菊

寒兰

舎　ジンジャー

郎博士的
卷
-1957年

制作
标本

蒟蒻

蜡瓣花

用极细毛笔绘制
三根鼠毛
三根猫毛

赫蕉

绘制
植物图

《光的故乡》
by 青叶市子

简包

双椰子

我喜欢的书

制作《牧野
日本植物图鉴》
1080页

莲

物世界

高知县的礼物——牧野植物园①

立夏时节种蒟蒻

有一次，我发现阴暗的杂物间里有个奇怪的东西正在面对着有光的那个方向，令人毛骨悚然，这个会呼吸的生物很快地长到一米高。那是我的农田老师弥惠分给我的蒟蒻芽，是我为了做出纯粹的蒟蒻团，想自己种植蒟蒻薯而向弥惠讨来的。蒟蒻，是一种非常奇妙的植物。有时我会翻看《牧野日本植物图鉴》，制作该图鉴的日本植物分类学之父牧野富太郎先生，是我们高知县的珍宝。

我非常喜欢牧野富太郎先生的生活方式。在照片中的他，永远是和植物在一起的，带着喜不自胜的灿烂笑容。有时包着头巾，两手拿着蘑菇翩翩起舞，有时在茅草之上合掌而坐，也有时身上缠着藤蔓，完全就像是植物的精灵一般。用他自己的话来说，他已经完全被自己爱到极致的植物所俘获。牧野富太郎是一个天真无邪的可爱的人。他出生于高知县佐川町，小学中途辍学，从幼时起就靠着自学进行日本的植物研究。不追求学历，不在意权威性和常识性，这种自由奔放的生活，在我看来非常具有高知人的气质。

我去了装满着牧野富太郎先生宝物的县立牧野植物园。穿过森林，可以抵达牧野文库。牧野富太郎先生爱书如命，藏书多至将地板压塌。据说先生动用了八辆卡车，将58000件书籍以及植物画（包括速写、素描）作为捐赠，从东京运来高知县。牧野先生一生当中收集的植物多达50万件，用报纸压成干花的花束不计其数，据说这50年来还在用他收集的植物做标本。牧野先生画的植物画非常了不起，看着那些画，你可以感觉到他内心的细腻。画作如植物之魂附体一般，散发出神秘的光辉。这些画作都可以当作艺术绘画来欣赏。

我们高知县的珍宝——充盈着牧野富太郎先生思想的牧野植物园，用它自身的样子教给我们自然与人的存在方式。在牧野富太郎纪念馆中，有这样一句话："人也是大自然的一部分，所以只有身处自然当中，才能够感受生之喜悦。"耕田种地，当吃到自己从种子开始培育的蔬菜，你会明白种子记得生长其上的土地和培育自己的人类，而将整个生命力作为回报。制造出氧气、食物以及衣服的植物，对人类来说是不可或缺的资源。牧野富太郎先生从泥土中发芽，藤蔓缠绕，他是植物精灵带给人类的礼物，我如今正在领会他的内心，按照他的生活方式继续生活下去，踏着蘑菇舞的节拍。

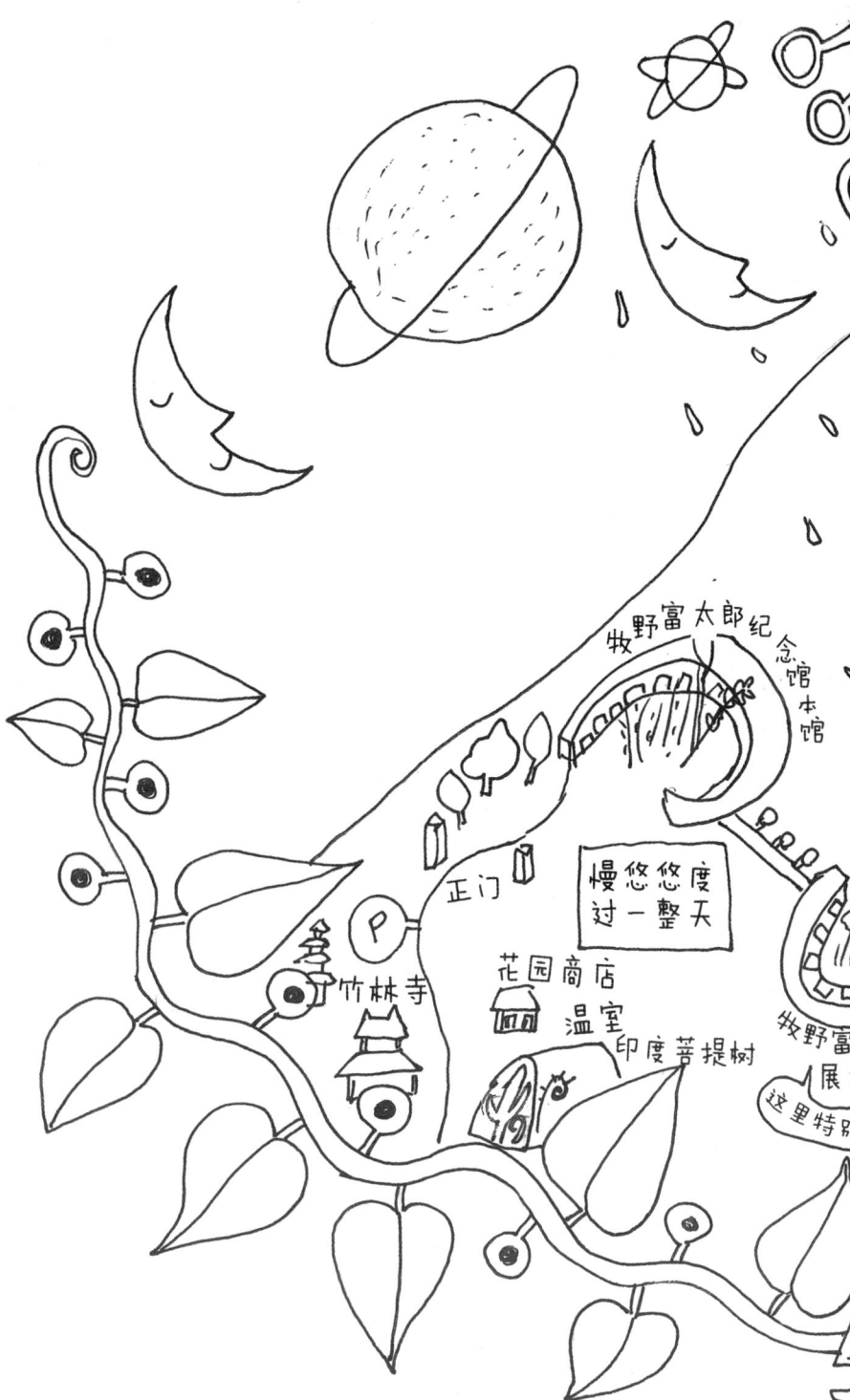

牧野富太郎纪念馆本馆

慢悠悠度
过一整天

正门

花园商店

温室

竹林寺

印度菩提树

牧野富

展

这里特别

五台山

♪《樱花森林》
by 星野源 ♪

《阿纳丝塔夏》
弗拉狄米尔·
米格烈 著

阿纳丝塔夏的播种

在院子或者田地里培育出来的植物
的种子，传递着自己的健康信息。

① 将播种前的种子（自家采种）放入口中，
在舌头下含9分钟。

② 吐出种子，用双手的手掌包住30秒，
赤脚站在即将播种的泥土上。

③ 张开手掌送到唇 边吹气，让种子
了解你身体中
的一切。

④ 将放着种子
的手举高30秒，
让天空看见
它，据说在那一 瞬间，大自然 就会 决定发芽的时期。

我
体

高知县的礼物——牧野植物园②

立秋时节制作蓝莓果酱

　　牧野富太郎先生非常喜欢音乐和咖啡。高知县的第一次西洋音乐会就是由牧野先生组织召开的，音乐与牧野植物园之间的联系就从这里开始。据说当年他还泡咖啡喝，真是个相当洋气的人呢。

　　我也非常喜爱音乐。移居到高知县以后，我在牧野植物园听过离组、友部正人、Humbert Humbert、细野晴臣、大贯妙子、太阳乐队、高野宽、SAKEROCK、烟管乐队的音乐会和演唱会。音乐在牧野植物园绿色的包围之下，更加动人心扉。

　　就这样，牧野植物园是我与音乐和友人们一起度过好时光的心爱之地。所以每次走在通往牧野植物园，向着五台山森林方向而去的弯弯曲曲的山路上，我都很兴奋。拥有为大家所爱所想的牧野植物园的高知县，真是太棒了。文化就是被爱、被思考、被重视的东西。牧野植物园的音乐会和现场演唱会，已经在这条路上开始了与植物之间的对话。我们与音乐，植物与音乐，重叠、交织、融合，酝酿出一种奢侈而优裕的氛围。这样的牧野植物园才是我们高知县珍贵的文化和瑰宝。

以前我就认为，植物具有丰富人心灵的力量。身处森林之中，可以感觉到植物的精华正在向我的体内输送能量。夜晚的牧野植物园，你可以欣赏到夜间开花的植物，可以感觉到它们与我们在灵魂深处产生共鸣的喜悦。那大概是生存在我们身体细胞深处的线粒体在活动，担负着健康职责的缘故吧。在植物细胞中，也有同样的线粒体在生存。

音乐会时，高知人的出摊开店方式也非常巧妙。小吃摊依次排开，枝繁叶茂的牧野植物园中人声鼎沸。人类的热气仿佛与植物的气息相呼应。我曾读过一本书，书中说植物是可以辨识人类的。它们吸收人类呼出的二氧化碳，再释放出供人类吸入的氧气，所以它们也许可以感知到人类的存在。

在森林里采集蜂蜜的时候，我总会觉得自己能够感受到森林的气息。如果用语言来形容的话，那就是我会感觉到自己正与森林联结在一起，与宇宙成为一体，在身体之中仿佛有一种热热的物质正在上涌。相信曾说过"我是草木的精灵"的牧野富太郎先生，一定也有过相同的体验，体验过被植物疗愈、和植物相通、与超越语言的植物气息和宇宙成为一体的感觉。如果没有森林和植物，人类将无法生存。

我爱用的土佐锻冶的工具.

ZAKURI的镰刀刀柄由天然木材所制.

土佐锻冶制作方法

刀具的

切碳三年

火窑炉膛1000摄氏度

↓

钢铁

铁

↓

上下移动用带锤锻打.

自由调整形状做成刀具.

土佐锻

金属台座

半埋在土中

樵夫晴一先生送给我的三齿耙.

单手用二齿耙.

贴有这样

长久使用

单手用平锄.
最近新购入的ZAKURI系列
用来搂土非常方便.

由我负责制造
笹冈悟

砍刀 锯

刀具有双刃和单刃之分，
自己磨刀很有趣！

最常用的
是小出
刃厨刀。

手握剪

剪刀

音乐《池间口说》
by Sketches of Myahk

薄　　　　厚

重心是刀具的生命。
by 田村有三

因为是通过锻打而成，
自然具有作为道具的
美好外形。

我的砍刀在森林中弄毛了。

香美市土佐山田町上改田109

大丰IC
南国IC　　　领石

高知
IC　　　县东道路

土佐刀具流通中心

放在锯屑中
使其充分冷却。

淬火釜

釜刀

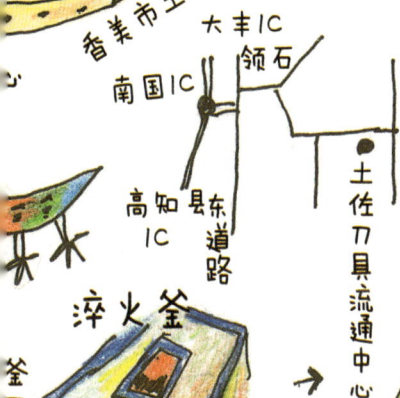

中之后取出迅速
完成淬火。

回淬火釜用
高温的油
迅速加热。

园艺剪刀

必需品

砍浴盆用柴的斧头

高知县的礼物——可磨可修的土佐刀具

白露时节明日草开花

为栉郎爸爸建造的小屋占去了原有的庭院。"建造自己的植物园吧，种上远方来的植物进行观察吧。"我响应牧野富太郎先生的倡议，我牺牲了花了16年时间培育在院子里的梅花、芭蕉林、栀子花、毛樱桃、洋金花、紫珠、大吴风草、山绣球，贡献出土地。结果在第二天晚上，三条蝮蛇出现在玄关。仿佛是来向我们声讨："把树木还给我们。"我慌慌张张去找砍刀，不巧的是刚好送去研磨不在手上。

结婚的时候，栉郎爸爸送了我土佐锻冶的菜刀和砍刀、镰刀以及种子岛制剪刀。和栉郎爸爸一样喜爱刀具的我激动万分，高兴得几乎跳起来。厨房工作、农田工作、缝纫工作都是因为有了称手的工具，才得以顺顺当当地做下去，工具已变成了我身体的一部分，有了它们才能够持续不断地做东西。

结婚28年，每天都在使用工具，所以如果生锈、变钝或是刀柄腐坏只剩下刀片的时候，我都会拿到土佐刀具流通中心去。修好的刀具真是令人叹为观止，完全像新的一样。其中土佐锻冶匠中的针对年轻人团体的 ZAKURI 品牌系列的产品，还会提供免费研磨服务。我向土佐刀具流通中心的田村有三先生请教，得知土佐刀具是从野锻冶[1]开始发展的，根据记录，在长宗我部时代就拥有 399 家铁匠铺。山中伐木的樵夫夏天在山里劳作，冬天时会离开府县到外地去工作，而土佐刀具是经樵夫亲自使用之后，因口碑良好，才最终得以在全国发展起来。樵夫会定做自己用起来称手的工具，所以林业用刀具以及砍刀等土佐独特的刀具就形成了。而农民使用的锄头，则根据使用地点为山坡斜面梯田，配合土壤的硬度和人的身高来定做。由使用者直接订货而发展起来的如今的土佐刀具，像过去那样招收学徒的情况大为减少。据说从前的学徒会吃住在师傅家，要在师傅起床之前生好炉火，学习严格的传统技艺。年轻人如果能继承下来该多么好。

土佐锻冶和陶艺一样，都是生活中不可缺少的传统技术。失去庭院的我，才开始意识到植物与我之间的关系。我与植物之间有着灵魂上割也割不断的羁绊。土佐锻冶的传统技艺，如果也在消失以后才意识到，恐怕为时已晚。好的工具可以成就好的工作，让我们使用可以研磨和修理的土佐刀具吧。

---

[1] 野锻冶，在过去，是对打造菜刀、农具、渔具、山林刀具这一行业的称呼。

♪ Sammy DeadEric
by "Monty" Morris

江口公民馆3楼
每个月的
第三个周一，
有中内先生的丹田呼吸
法和老子法讲座.

花与器
SUMI

哲平的器物
常设其中

高知车站

高知
城　周日市场路

Donko

工
kanzashi　Bar Mosaique

餐馆
晚市
可以喝
酒

中央公园

2楼
海花
我展
开艺
的廊
会

7days+

Warung
Café

边吃
边喝

酒与音乐

3楼
Gumbo
可以吃饭喝酒
偶尔有演唱会

M2艺廊

广川绘麻的
器物常设其中

海盐羊角包　　土佐山田

Sakura Bakery

吐司
面包

竹林　　P

竹子
寿司
水果

麓之泉

山崎
酒店

195号线

新鲜美味的蔬菜

美良布
良心市场

通往物部村

生
之乡

池公园
有机市场
↓

有很多充满
生命力的食物

"如果去高知县旅行有什么好去处吗？"我经常被问到这样的问题。高知县像一座能量场，是个充满活力的地方。高知人的健康活力就足以令人兴味盎然。

在高知县住酒店，我推荐由《Casa BRUTUS》杂志中"世界酒店百选"所推选的 7Days+。那里有高知画家松林诚先生的作品，沿楼梯还有个画作展。酒店早餐的咖啡非常棒。在此住宿，你可以感受到连一把勺子和一件睡衣都亲自严格挑选的川上绢子女士的体贴。

如果想品尝亚洲风味，推荐 Warung 店，那里周六周日店休，请选择周五或者周一（周六在有机市场，周日在周日集市开店）。Warung 的享子女士，曾在东京中野的 KARMA 学习，回到高知县开店。一边养育着四个子女一边开店的她，不愧是高知县的"八金"。高知的女子非常能干，能顶四个男人的工作，所以被称为"八金"。从外表看不出享子是个"八金"女，但是她的内心却是真正的"八金"。越南有一家叫作新咖啡的旅行者聚集之所，在那里汇聚交流各种旅行信息，享子说她想将自己的店做成像新咖啡那样将人与人联系在一起的场所。

说起"八金"，还有 Boncoin 的尚子女士。"八金"

度 100%。Boncoin 是常驻巴黎的松村先生的店，尚子已经看店 10 年了。每次在街上遇到她，都是醉醺醺的样子。有一次借住在虎猫棒棒（Toranekobonbon）店的中西直子家中，我才了解到醉醺醺的尚子的悲伤。在那以后，我越来越喜欢尚子了。Boncoin 那里经常会有一些淘来的好东西。古董的手工刺绣衬衫、围裙、睡衣什么的。

要是跟朋友一起喝咖啡，我会选择佐野先生的 Terzo Tempo。这里的蛋糕、布丁和李子刨冰绝顶美味。有一次在离组的演唱会上，我与佐野的座位刚巧紧挨着，那时我才知道原来他是离组的资深歌迷。后来时常会在演唱会的现场遇到，只要看见他的身影就好令人开心。

曾在 Warung 当学徒的步屋的步美，在开步屋之前，会来我家帮着做柴窑的烧窑饭。步屋和我家一样都是木头窗户，所以在那里总有一种恍惚在家里的感觉。由离组担任音乐制作的电影《临终笔记》的首映式，原田郁子的现场演唱会以及去年的 Canta Timor 上映会，步美都参加了。

另外还有土佐山田樱花面包屋的蔓越莓贝果、法式全麦包。在山崎酒店，有一种名叫"麓之泉"的龟泉酒造出品的清酒，麓之泉是店主自作主张取的名字。清酒柔润适口让人欲罢不能，我经常去买。说来说去，我所心仪的小店，每一家都是经营者极富人格魅力的地方。

后记
偏僻山村里的生活 1

本书是在自 2011 年 2 月至 2014 年 3 月整整 3 年连载于高知县新闻 K+ 的《播种人的谷相生活》的原文基础上加笔而成。连载刚刚开始不久，就赶上 3·11 日本地震以及福岛核电站事故的发生。那之后，我就一直思考着如何利用微小的能源生活下去的问题，并开始在身边探寻。于是我发现，近在咫尺的可持续发展的自然能源，就是村民们生活当中司空见惯的薪柴。（村民的智慧①）

在城市里，必须要依赖别人才能生存。这个别人就是福岛核电站。东京明亮的霓虹灯光和温暖的空调暖风，靠的都是从福岛输送过来的电。从东京回到偏僻的高知县山里，农村的夜是昏暗的，甚至是漆黑的。

白天出去，有时会突然遇到背着茅草捆的老爷爷。外出散步的时候也会毫无防备地收到很多蔬菜。让人简直不敢相信高知县和东京同属于日本这个国家。村民之间会将自家种的蔬菜相互分享，这种相互赠予的经济方式制造出安逸舒心的生活氛围。（村民的智慧②）

就这样，在连续3年的连载当中，我一边书写着偏远山村谷相村的日常生活，一边不停地思考着我们国家的未来。我们如今的时代，正处于一个巨大的转型期。迄今为止，无论政治、经济还是思想，都是以城市文明为中心。但是在3·11日本地震之后，我们的生活从根基上被撼动。通过3·11日本地震，我明白了我们的生活中什么才是最需要的，明白了如果没有水和空气以及土壤，我们人类将无法存活这项事实。我想大家也跟我一样有了危机感。

总之，我们现在的社会，食物、衣服、房子、汽车衣食住行全部靠购买而得。而且，大家想的都是金钱，人们过着慌乱不安、心不在焉的生活。在山村，与挣钱相比，亲手制作才是生活本身。（村民的智慧③）

尽量终止依赖他人的生活，动手制作力所能及之物吧。是的，不多动手，手会渐渐变得笨拙，最后连做东西的印象也不会有。豆腐如果只是买来吃，就不会知道做豆腐可以得到豆腐渣。自己不动手做蒟蒻团，就不会了解蒟蒻的神奇。身处按一个按钮就可以烧出洗澡水的方便的现代生活当中，就不会去考虑薪柴在我们生活当中的重要性以及树木从幼小长到高大的过程。而且，生火，这件对人类来说非常原始的技能，每每会唤起我内心深处的野性。

从今往后，我希望自己能够永远以"作为一个生物的人"的角色活着。在不破坏及污染自然环境的原则下，可持续地循环生活下去。这正是向村民们学习依附于大自然的生活智慧的好时机，所以我愿意在偏僻的山村中生活。

希望在未来的某一天，偏远的农村文明代替都市文明的时代终会到来。

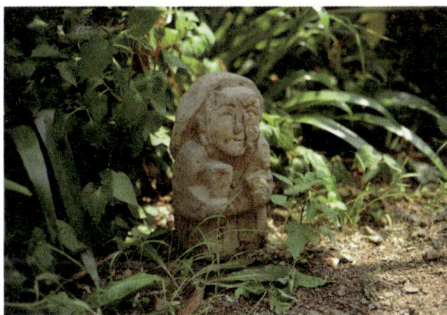

后 记
偏僻山村里的生活 2

那是刚刚搬到村里来不久，轮到我做谷相村班长一职时发生的事情。A 和 B 为了土地边界上梯田石碓的石头，发生了争执，一直争到时任班长的我的家里，要求仲裁。可是，我们因为是新住户，不会偏袒任何一方，就这样一天天拖了下去。

一筹莫展之时，我找樵夫晴一先生商量，他说："作为争执原因的石头要是没有了，不就解决了吗？"于是他很麻利地将石头都买了下来。结果没有伤及 A 与 B 任何一方的脸面，问题圆满地解决了。晴一先生为了整修梯田，也需要石头，所以这是个皆大欢喜的解决办法。我对晴一先生的方案深感敬佩。

像这样，村里的老人们经常会有一些让人意想不到的非暴力的智慧。放眼世界，同样的争端比比皆是。能够用这种方法解决的智慧，才是我们应该拥有的——不是偏向于某一方，而是直接把产生问题的原因消除的智慧。我觉得消灭战争的非暴力之心，已经从这个小小的村子开始了。

宫本常一在《被遗忘的日本人》中所记述的村中集会也是如此。我刚搬来谷相村时的集会，展现出完全相同的场景。一年一次，各个家庭的人聚集在一起，定下村长人选，有问题就解决问题，互相交流沟通。本来，住在山顶上的偏僻山村的村民就有着生存的智慧与能力，所以，通过说话你可以观察到每个人的脸和肢体语言都非常果断，人生哲学和思想经常让人震惊，生动有趣。

当然也有通过互相讨论也不能够解决的问题。不急于下结论，以"待议"的形式搁置，是我在村民集会上学到的方法。自学校里学到的民主讨论，是采纳多数人的意见。但是有时，少数人的意见也不容忽视。不必非黑即白，在最后，由德高望重的类似于长老的人物提出将问题置后"待议"。

换言之，少数人的意见并没有被忽视，可以站在弱者的立场上，用弱势方的标准，从弱势方的角度去考虑问题，也许这正是这个强势地球的世界标准。因为地球就是弱势村民们的集合体。

这本《播种人的手绘日记》，记录了小小村落中微小而平常的日子，感谢阅读。

最后，对于只能在高知县读到的《播种人的谷相生活》更名为《播种人的手绘日记》并出版发行，我感到非常荣幸。感谢让这些文字成书的所有人，以及爱犬稻稻，谢谢你们。

写于银杏叶黄，温馨和暖的小雪时节。

早川ユミ

早川由美 / 日本知名织品艺术家

以亚洲手纺、手织布、蓼蓝、黑檀果、虫漆等草木染、泥染的布，山岳少数民族生产的布，柿染布，立陶宛麻布等为材料，手工缝制成衣服，在各地展出。

为陶艺家丈夫小野哲平的柴窑做烧窑帮手，耕田播种，植树育果，探寻亚洲布品，与家人一起旅行。

除个展之外，还分别与丈夫小野哲平、栬郎爸爸举办过双人展。

1957 年	出生。
1983 年	环亚之旅。初识亚洲手纺手织布品。体验泰国农村生活以及山岳少数民族的生活，结识了很多"为了生存的艺术运动"的歌手、诗人、画家等。
1985 年	在爱知县常滑市的小山村中，与哲平开始过起小农田的耕种生活，过着相夫教子的每一天。
1986 年	举办"播种者的梦想"个展于东京玄海艺廊。
1988 年	在泰国的佛统府（Nakhon Pathom）生活，从事一针一线的手缝工作。于曼谷辛巴克恩艺术大学（Silpakorn University）与清迈 TapRoot 举办展览。
1989 年	携子前往印度与尼泊尔旅行。
1994 年	在泰国但昆村（DanKwian）从事创作。

1998 年　移居高知县的山顶。在梯田上开辟小果园、耕种小农田。与谷相村的播种人相识相知。

1999 年　举办"播种人的着装"个展于小田原菜之花艺廊。

2001 年　举办"包裹种子生命的手缝服饰"个展于松山 Gallerycinquième。

2005 年　举办"有土有布"个展于福冈梅屋。

2008 年　举办"泥土生活，与布相伴"个展于奈良·月草。出版第一本随笔集《播种笔记》。

2009 年　在全国各地开展《播种笔记》出版纪念手缝巡回宣传。

2010 年　印度的瓦拉纳西之旅。出版《播种人的手作》。

2011 年　在全国各地开展《播种人的手作》手缝宣传活动。出版菜谱集《播种人的厨房》。

2012 年　不丹、缅甸、中国台湾、日本冲绳之旅

2013 年　出版《旅行中的播种人》。马达加斯加之旅——去见猴面包树。

2014 年　第一次举办冲绳巡回展览。第一次中国西藏拉萨之旅。

2015 年　出版《播种人的手绘日记》。

图书在版编目（CIP）数据

　　播种人的手绘日记 /（日）早川由美著；小米呆译
. — 长沙：湖南文艺出版社，2018.7
　　ISBN 978-7-5404-8702-7

　　Ⅰ.①播… Ⅱ.①早… ②小… Ⅲ.①随笔—作品集
—日本—现代 Ⅳ.①I313.65

中国版本图书馆 CIP 数据核字（2018）第 091944 号

著作权合同登记号：18-2018-013
TANEMAKIBITO NO ENIKKI HARU NATSU AKI FUYU
copyright 2015 Yumi Hayakawa
All Rights Reserved.
Original Japanese edition published by The Whole Earth Publications Co., Ltd.
Simplified Chinese translation rights arranged with The Whole Earth Publications Co., Ltd. through Timo Associates Inc., Tokyo
Simplified Chinese edition published in 20XX by Shanghai Yuwen Media Co., Ltd.

上架建议：文学·外国随笔

BOZHONG REN DE SHOUHUI RIJI
播种人的手绘日记

作　　者：[日]早川由美
译　　者：小米呆
出 版 人：曾赛丰
责任编辑：薛 健　刘诗哲
监　　制：毛闽峰　李 娜　刘 霁
策划编辑：李 颖　雷清清
文案编辑：邱培娟
营销编辑：杨 帆　周怡文　刘 珣
封面设计：张丽娜
版式设计：潘雪琴
摄 影 师：[日]河上展仪
策 划 方：小 乘
策 划 人：张逸雯
出版发行：湖南文艺出版社
　　　　　（长沙市雨花区东二环一段 508 号　邮编：410014）
网　　址：www.hnwy.net
印　　刷：北京中科印刷有限公司
经　　销：新华书店
开　　本：875mm × 1270mm　1/32
字　　数：113 千字
印　　张：8.25
版　　次：2018 年 7 月第 1 版
印　　次：2018 年 7 月第 1 次印刷
书　　号：ISBN 978-7-5404-8702-7
定　　价：54.80 元

若有质量问题，请致电质量监督电话：010-59096394
团购电话：010-59320018